德 明 书 系

文学研究的比较视野

张德明 著

The Comparative Horizon of Literature Study

JINAN UNIVERSITY PRESS

中国·广州

图书在版编目（CIP）数据

文学研究的比较视野／张德明著．—广州：暨南大学出版社，
2015.12

ISBN 978 - 7 - 5668 - 1659 - 7

I.①文… II.①张… III.①比较文学—文学研究 IV.①I0 - 03

中国版本图书馆 CIP 数据核字（2015）第 257332 号

....

文学研究的比较视野

著　　者	张德明
出 版 人	徐义雄
策划编辑	杜小陆　胡艳晴
责任编辑	胡　芸　龙 欣
责任校对	李林达
责任印制	汤慧君　周一丹
出版发行	暨南大学出版社（广州暨南大学　邮编：510630）
网　　址	http：//www. jnupress. com　http：//press. jnu. edu. cn
电　　话	总编室（8620）85221601
	营销部（8620）85225284　85228291　85228292（邮购）
排　　版	广州良弓广告有限公司
印　　刷	佛山市浩文彩色印刷有限公司
开　　本	890mm×1240mm　1/32
印　　张	4.875
字　　数	135 千
版　　次	2015 年 12 月第 1 版
印　　次	2015 年 12 月第 1 次
定　　价	22.80 元

（暨大版图书如有印装质量问题，请与出版社总编室联系调换）

目　录

翻译文学与中国现代文学现代性

　　对翻译文学历史地位的重新确认，是在 20 世纪 80 年代末期"重写文学史"的呼唤中应运而生的。在回顾新文学史的著述历史时，敏锐的学者已经注意到，对翻译文学的历史定位，早在解放前的文学史著作中就多有涉及，比如陈子展的《中国近代文学之变迁》、王哲甫的《中国新文学运动史》和郭箴一的《中国小说史》等，都设有"翻译文学"的专章，介绍翻译文学与新文学之间的关系，讨论它在现代文学史中的意义和作用。然而，自 1949 年后很长一段时间，翻译文学不再被纳入现代文学的叙事框架中，几乎国内出版的所有现代文学史著作，都无一例外地把翻译文学拒之门外，翻译文学成了现代文学史的"弃儿"。这种现象是不正常的。我们必须承认，翻译文学对中国现代文学的发展有着巨大的推动作用，它促成了中国现代文学现代性的生成，对现代作家的文学创作产生了巨大的影响，也与中国现代文学一起，承担了现代时期启蒙、救亡和文化建构等文学使命，因而其历史价值不容低估。描述中国现代文学的历史流变轨迹，如果不考虑翻译文学的影响和作用，不强调翻译文学与中国现代文学之间的互动与关联，在道理上是说不过去的。客观地说，"翻译外国文学如不列入中国新文学史中，为一个重要方面，至少也应作为新文学发展的重要背景，给予应有的介绍"[1]。

　　在"重写文学史"的讨论中，谢天振先生就曾呼吁，要恢复翻译文学在现代文学史中的历史地位，为翻译文学这个"弃儿"寻找归宿。但时隔十多年，不仅没有专门的中国现代翻译文学史著作出现；而且在新近出版的一些中国现代文学史或者 20 世纪中国文学史等著述中，翻译文学也没有得到编撰者的青睐而进入现代文学史框架中，作为"弃儿"的翻译文学仍然继续着它的流浪生涯。

翻译文学边缘地位的未曾改观，其原因有很多，但主要原因恐怕在于人们对翻译文学自身特质的认识、理解和历史描述等方面还存在着许多未能澄清的问题。比如，我们纵然异常清楚地认识到了翻译文学的重要价值，我们十分珍视翻译家的劳动成果，也知道世界文豪们是随着他们著作的汉译本而进入中国读者的视野并占据了中国的文学和文化领地的，"有了朱生豪的译本，莎士比亚才在中国诞生；有了傅雷的译本，罗曼·罗兰才在中国诞生；有了叶君健的译本，安徒生才在中国诞生；有了汝龙的译本，契诃夫才在中国诞生……"[2]但问题是，这些译本毕竟不是中国原创的民族文学，我们该在什么样的位置上衡量其艺术水准，又如何确立它们的文学史价值？我们承认文学翻译是"创造性叛逆"，也承认翻译家们在翻译过程中的创造性活动，但是，这种创造性活动毕竟是有所局限、有所依凭的创造性活动，和现代作家的文学创作还是存在本质的差异，那么我们该如何评定翻译家的文学史地位？再者，翻译文学的确和现代文学之间有着非常密切的关系，但这种关系却是极为错综复杂的，很难进行准确的清理和表述。中国现代作家与翻译文学之间存在紧密的联系是不言自明的客观事实，许多作家不但是翻译的行家里手，而且他们的文学创作从思想基源到艺术手段再到语言技巧，无不折射出翻译文学对他们的影响和启发。可是，一旦要细究每个具体作家与翻译文学的准确联系，我们往往就感觉到阐释上的困难。这一方面是因为几乎每一个优秀的作家都同时受到许多有着不同风格、不同思想倾向的外国作家和作品的影响：从鲁迅那里，我们不只发现了他与尼采、易卜生、裴多菲的关系，也发现了他与果戈理、契诃夫、阿尔志跋绥夫、托尔斯泰、屠格涅夫、高尔基的牵连，不仅有英国作家的启迪，也有日本作家的感发；在郭沫若那里，我们看到了他对惠特曼、歌德、易卜生、泰戈尔、雪莱等许多作家的学习与借鉴。另一方面是因为中国作家对外国文学的吸收和借鉴是一个复杂的精神现象和精神活动，"既表现在直接的（地）对艺术手法、创作方法以及结构、情节等的模仿、借鉴、学习等方面，又表现在深层的文学精神的影响上"[3]，仅仅依靠外国作家与中国作家之间的事实关系，还不足以清楚地说明翻译文学对现代文学的影响究竟是怎样产生的，也不能清楚地解释中国作家是以什么渠道、通过什么方式、在什么层面上吸收了外国文学的养分，从而转化为自己的创作现实的。在研究翻译文学与中国现代作家文学创作的关系时，"影响研究"是远远不够的，因为仅仅凭借某个作家翻译了哪些外国作品、接触过哪些文学名著等一些表面材料，我们还无法揭开外国作家和其作品对中国作家影响的内在奥秘，无法彰显中国现代作家从怎样的通道、在哪些微妙的地方与外国作家及其作品在心灵上产生了对话、交流与沟通。历史经验告诉我们，只有在低层次的小作家那里，我们才可以清楚地捕捉到他们对外国作家拙劣模仿的痕迹；而越是优秀的作家越能将外来的影响机智地吸纳、巧妙地融涵在自己的文学世界，并将这种影响融入自己的思想血液之中。你可以说鲁迅受到了许多外国作家的启发，但你无法准确指出他的文学作品中哪些是模仿显克微支的，哪些是搬用了安德烈耶夫的。同样地，你可以说易卜生影响了郭沫若、郁达夫、巴金、曹禺，但从"影响研究"的角度你却无法解释清楚为什么在同一个外国作家的影响下，中国现代作家们却表现出了彼此悬殊的个性差异。所以，要准确描述翻译文学与中国现代文学的关系，我们无疑要仔细分析作为翻译文学特定"接受者"的中国现代作家的文学世界与精神世界，不仅要借用媒介学、传播学、渊源学的研究手段，还要借助心理学、精神分析学等知识；不仅要研究他们的文学创作、翻译活动，还要研究他们的日记、书信等；不仅要运用"影响研究"，也要运用"平行研究"；不仅要采用阐释学、结构主义、新批评、形式主义等理论详细解读他们艺术世界的丰富图景，而且要追溯他们的创作生涯，仔细理析他们在每一部作品的创作过程中基于怎样的历史、文化、政治背景，当时国际、国内正涌动着怎样的社会思潮，出现了什么样的社会问题，作家从什么角度借用西方文学和文化资源来回应这些社会思潮和社会问题。

也许正是因为这些研究中必然遭遇的诸多困难和复杂性的存在，翻译文学的历史定位至今依然悬而未决。从现有的研究状况来说，我们暂时还无法理清翻译文学与中国现代文学之间错综复杂的关系，暂时还无法准确交代翻译文学在现代文学每一进程中的历史角色。中国现代翻译文学史的暂时空缺，并不意味着翻译文学在现代文学史上的地位不突出，也不意味着学者们对翻译文学的价值重视不够，只是意味着我们目前除了可以作一些肤浅的事实描述外，还无法从深层次上对翻译文学与现代文学的内在关系作一次准确而全面的展示。不过，如果我们换个角度思考，不从试图为翻译文学寻找自身独立的合法性地位这一学科建设的角度出发，而从考辨中国现代文学追求现代性的角度着手，来重新打量和认识翻译文学的话，我们不仅对翻译文学的定义、性质与归属会有新的认识，而且还可能为翻译文学史的书写找到一种具有操作性的历史线索。

要为翻译文学书写历史，首先要考虑的是"翻译文学"概念的界定问题。因为翻译文学的文本特征是极为显在的，所以我们可以近乎直觉地意识到，翻译文学就是汉译的外国文学；也就是说，凡属外国作家写的、被翻译为中文的文学著作，都是翻译文学。基于对翻译文学这种毫无疑义的直觉认知，中国学者对"翻译文学"概念的定义也小异而大同。郭延礼指出："从科学意义上讲，所谓'中国翻译文学'应当是中国人在国内或国外用中文翻译的外国文学作品。"[4]谢天振认为："'翻译文学'指的是属于艺术范畴的'汉译外国文学作品'。"[5]葛中俊从五个方面来概括翻译文学的本质特征：①翻译文学属于文学范畴；②翻译文学不可避免地归附于一种语言，这种语言不是原作语言而是译作语言；③翻译文学既可以是一种作品总集，又可以是一种学科门类；④翻译文学的价值持有者和承担者是翻译者；⑤翻译文学在属性上与外国文学有所分别，与文学翻译分属不同的范畴。[6]上述这些对"翻译文学"概念的解释尽管在理论表述上有所差别，但大致的思路是一样的，即都认为翻译文学的语言形式是汉语，材料来源于外国文学，属于艺术门类范畴等。粗略看来，这些论述尽管稍显简单，但还是基本成立的，它们的确言及了翻译文学的某些基本特征。然而，如果我们仔细地追问下去，就不难发现，这些阐述都忽略了一个根本性的问题，那就是在强调翻译文学的共时性特征时没有照顾到翻译文学的历时性，没有考虑每一部翻译文学作品生成的文化语境、历史背景。忽略了翻译文学的历史背景，我们只会得出这样的结论：所有外国文学作品，只要用汉语翻译出来，就理所当然地构成了翻译文学。依照这种思路来推断，翻译文学俨然成了一种充满盲目性、随意性和无序状的文学样式，缺乏自身的历史依据和存在逻辑。从这种认识出发，我们怎么可能会为翻译文学找到属于它自己的特定归宿，进而写出一部有着明晰的历史线索和确定的学理背景的中国现代翻译文学史来呢？

在笔者看来，要想清楚地认识翻译文学的本质属性，我们必须把它放置在现代文学历史发展的客观进程中来考量。我们首先应该懂得，历史的材料并不等同于历史的真实，并非所有用汉语翻译的外国文学作品都会构成翻译文学，只有与中国现代文学的生成和发展形成了一定关系的汉译外国文学著作，才能纳入翻译文学的叙述范围。特定的翻译文学作品的出现并非是盲目的、偶然的，而是有着历史原因的。在某段时期，为什么要介绍这个外国作家而不是那个外国作家，为什么出现的是这些汉译名著而不是那些汉译名著，这都与那段时期的政治环境、文化环境和文学环境有关。一般来说，作家、翻译家在特定的历史时期进行的文学翻译活动，包括对外国作家的介绍、对外国作品的翻译、对外来文学名著的解读，都不是随意做出的，都取决于他们所处时代对他们的提问。他们的翻译活动是借助外来思想和文学对中国问题的一种回答，是作为中国现代文学的必要补充而出现和存在的。我们可以举歌德的例子来说明。中国文学界对德国文化巨人歌德的介绍和作品翻译，在近代就已开始，马君武、苏曼殊等人就翻译过他的诗歌。此后，从王国维到鲁迅再到陈独秀、从创造社到文学研究会、从抗战爆发到新中国成立再到新时期，对歌德的介绍及其作品的翻译从未间断过。在 20 世纪的现代中国，"歌德热"不止一次地出现过，对歌德作品的重译、改编等不断在进行着。"歌德热"的不断掀起、歌德作品的重复介绍和翻译，都显示了时代要求与歌德作品之间的呼应关系。学者、作家和翻译家对歌德作品的反复译介，对歌德的重要著作如《浮士德》《少年维特之烦恼》的不断重译，都是一定历史时期社会、政治、文化与文学建设和发展的要求使然。例如，王国维在 1904 年写的《〈红楼梦〉评论》中，将曹雪芹的《红楼梦》与歌德的《浮士德》相提并论，称它们都是"宇宙之大著作"。王国维是从悲剧意识在文学创作中的重要意义这一角度来介绍歌德，并论述中西这两部文学巨著的，而他对西方悲剧观的引入显然成了中国文学追求现代性的先声。鲁迅在《摩罗诗力说》里，对歌德的《形蜕论》和《浮士德》大加称赞，歌德的著作成了他表达自己"立人"思想的重要文学例证。鲁迅的"立人"观念，正是五四新文化运动和五四新文学的重要思想资源。新时期以后，杨武能先生又重译了歌德全集，这是适应了改革开放的时代需要，适应了全球化语境下各民族文化互相学习、相互借鉴与相互补充的历史要求。从一百多年来的译介历史来看，中国对歌德的介绍和翻译都是出于一定历史时期的文化和文学建设的需要，不同时期对歌德文学世界不同方面、不同角度的观照，折射的是那一时期的社会状况、思想状况、文化状况和文学发展状况，正如杨武能先生所说："歌德与中国，中国与歌德——西方与东方，东方与西方，在人类历史发展的进程中，两者走到了一起，产生了巨大的后果和深远的影响。不只是中德或者东西方的文化交流，还有中德两国的文学乃至社会思想的发展演变的历史，都或多或少地反映在了歌德与中国的相互关系中。"[7] 由此可见，翻译文学对中国现代文学现代性的生成与发展有着巨大的推动作用，我们只有在考察翻译文学与中国现代文学的密切关系中才能给它以历史的定位。现代文学和文化的发展要求给了翻译文学必要的现实依据、历史依据和生存逻辑，抛开了现代文学这一重要的依附对象，翻译文学也就缺少了自己的栖身之地。

既然要从中国现代文学的现代化进程中寻找翻译文学的历史发展轨迹，那么我们就要弄清楚二者之间的内在联系。翻译文学与中国现代文学之间究竟有着怎样的关系呢？在我看来，翻译文学与中国现代文学的关系主要表现在以下三个方面：

首先，与现代作家构成对话关系。翻译文学与中国现代作家的对话关系，是指翻译文学为中国现代作家提供了观察世界的眼光、方法和思想，提供了审视社会和自我的哲学观与人生观；现代作家又通过自己的文学创作对翻译文学加以回应，对外国文学家提供的艺术摹本和文学素材等从思想观念到表现方法再到情节结构进行吸纳、整合，进而成功地实现创造性的转化。这种对话关系的存在，使我们能从中国现代作家的文学思考与文学创作的实践活动中，清楚地感受到一些外国作家对他们的影响和启迪，以及在这种影响和启迪下中国现代作家思想观念和创作水平的不断深化、中国现代文学在各方面的发展与进步。例如，挪威戏剧家易卜生，就是一位与中国现代作家展开了强烈的精神对话的文化巨人。早在1907年，鲁迅就在《河南》月刊第2、3、7号上发表了《文化偏至论》和《摩罗诗力说》，两篇文章中都提及易卜生。在《文化偏至论》里，鲁迅说易卜生是崇信个性解放的善斗的强者，"以更革为生命，多力善斗，即忤万众不慑之强者"；在《摩罗诗力说》中，他又称颂易卜生为捍卫真理的勇士，之所以写出《社会之敌》《人民公敌》，是因为"愤世俗之昏迷，悲真理之匿耀"。剧中主人公斯托克曼（斯多克芒）医生宣传科学，为民请愿，"死守真理，以拒庸医，终获群敌之谥"。五四时期的时代需要，使易卜生和他的戏剧作品受到格外的推崇。《新青年》于1918年6月刊登"易卜生专号"，掀起了介绍易卜生及翻译其作品的热潮——胡适的《易卜生主义》、袁振英的《易卜生传》

以及周瘦鹃和潘家洵对易卜生戏剧的翻译，一时间成为那个时代非常有影响的文章和译著。潘家洵的《易卜生集》在1921—1923年间问世，更标志着易卜生作品在中国的翻译和传播达到了一个新的高度。与此同时，中国现代文学界对易卜生进行了及时的反馈，现代作家围绕易卜生文学思想中提出的问题进行了激烈的争辩、深入的反思，并在自己的创作中做出了相应的反响。归纳起来，易卜生对中国现代文学的影响主要表现在三个方面：第一，引发了关于"娜拉走后怎样"问题的激烈论争。第二，带来了五四"问题小说"的创作热。在易卜生的影响下和对中国现实的观察中，鲁迅、叶圣陶、冰心、王统照、许地山等"五四作家"通过大量的小说创作，来反映五四时期人们面临的关于人生、恋爱、家庭、儿童和女性命运等种种问题。第三，使五四文学作品中出现了许多类似易卜生《玩偶之家》中的娜拉那样的叛逆女性。有代表性的如田亚梅（胡适《终身大事》）、曾玉英（熊佛西《新人的生活》）、吴芷芳（侯曜《弃妇》）、卓文君（郭沫若《卓文君》）、素心（欧阳予倩《泼妇》）、郑少梅（白薇《打出幽灵塔》）、蘩漪（曹禺《雷雨》）、子君（鲁迅《伤逝》）、梅行素（茅盾《虹》）等。这些叛逆女性的出现，集中反映了"五四作家"对当时妇女命运的异常关切，也凸现了易卜生的文学翻译对中国创作界的巨大影响，体现了中国作家与易卜生之间的对话关系。

其次，与时代风潮构成呼应关系。一时代有一时代之文学，一时代也应有一时代之文学翻译。因此，只有同中国现代的社会政治、时代环境构成了应和关系的汉译外国文学，才可能作为被认可的翻译文学载入历史名册。中国近现代是一个充满了动荡、矛盾和纷争的时代，随着传统价值体系的崩塌，人们渴望尽快觅得新的思想、新的价值观念，而新的思想、新的价值体系的建立就必须发扬"拿来主义"的文化借鉴精神，借助翻译输入外来思想和文化，从而带来中国新文化的建立与发展。思想启蒙是五四新文学的时代主题。周作人在五四时期曾呼吁建设"人的文学"

"平民文学"，其后，文学研究会又积极倡导"文学为人生"的创作主张，在这个时候，体现出"为人生"理想的文学翻译自然与时代合拍。只有在这一点上，茅盾才认为："翻译文学作品和创作一般地重要，而在尚未有成熟的'人的文学'之邦像现在的我国，翻译尤为重要；否则，将以何者疗救灵魂的贫乏，修补人生的缺陷呢？"[8]五四时期中国作家关于"娜拉走后怎样"问题的讨论，实际上也是由易卜生激发的中国作家对当时中国妇女命运的探讨，这从一个侧面反映了易卜生的文学翻译与"为人生"的现实要求之间的契合。20世纪20年代，郑振铎曾经指出，对西方文学的翻译介绍，只有考虑国内的具体情况，才会有力量，才能影响一国文学界的将来。因此他说："现在的介绍，最好是能有两层的作用：一、能改变中国传统的文学观念；二、能引导中国人到现代的人生问题，与现代的思想接触。"[9]郑振铎这段话中的第二点，实际上就是强调文学翻译要与时代密切关联。五四之后，对俄国文学的译介逐渐取代西方近代文学而成为中国翻译的热点，别林斯基、托尔斯泰、车尔尼雪夫斯基、高尔基等俄国作家和理论家被相继介绍到中国。为什么中国翻译界对俄苏文学如此感兴趣？对此，瞿秋白有一段精彩的阐述，他说："俄国布尔什维克的赤色革命在政治上、经济上、社会上生出极大的变动，掀天动地，使全世界都受他的影响。大家要追溯他的原因，考察他的文化，所以不知不觉全世界的视线都集中于俄国；而在中国这样黑暗悲惨的社会里，人都想在生活的现状里开辟一条新道路，听着俄国旧社会崩裂的声音，真是空谷足音，不由得动心。因此大家都来讨论研究俄国。于是俄国文学就成了中国文学的目标。"[10]此外，20世纪30年代西方现实主义作品翻译在中国的盛行、20世纪40年代苏联社会主义现实主义文学在延安的译介等，都反映了翻译文学与时代的应和关系。从另外的角度看，上述翻译事实也说明，只有在时代召唤中适时出现的翻译文学，才可能为自己铸就具有历史合法性的价值基础。

最后，在语言组织上，翻译文学与本土文学创作构成张力关系，并有效促进本土文学创作在语言运用上的发展与突破。翻译文学的语言组织与中国现代作家的文学创作之间究竟存在怎样的关系？是完全等同还是具有差异？既能创作又能翻译的现代作家在进行创作和翻译时，是使用两套不同的话语还是使用相同的语言思维形式呢？要确定翻译文学是否具有独立价值，我们就必须对这些问题做出明确的回答。我们知道，文学创作和文学翻译尽管都属创造性活动，但二者在语言组织中所遭遇的阻力是不相同的：在文学创作中，作家要解决的问题主要是如何把自己对社会人生的思考直接转化为富于艺术性的语言现实；而文学翻译则不得不照顾到原有文本，因而在语言的使用上是既有所依靠又有所"顾忌"的。英国翻译学家泰特勒（A. F. Tytler）曾指出，好的翻译应遵守"三原则"："一、译文必须能完全传达出原文的意思。二、著作的风格与态度必须与原作的性质一样。三、译文必须含有原文中所有的流利。"[11]泰特勒的话尽管夸大了翻译中原作对译文的决定性作用，但在强调翻译受限于原文这一点上还是站得住脚的。因为既要考虑译用语言的特征，又要考虑对原文的意义、风格和行文特点的尊重，所以在语言的组构中，文学翻译便与作家的文学创作拉开了距离，二者之间具有了一定的张力。在这种张力关系中，翻译文学的语言选择对现代文学创作的语言运用有着很大的影响。比如现代文学中的"欧化"倾向就是一个明显的例证。陈子展说，文学革命以后，"一时翻译西洋文学名著的人如龙腾虎跃般的起来，小说戏剧诗歌都有人翻译。翻译的范围愈广，翻译的方法愈有进步，而且翻译的文体都是用白话，为了保持原著的精神，白话文就渐渐欧化了"[12]。这是对当时文学翻译情形的准确描述，这种情形的出现给现代作家提供了一种重要的创作理念，即主张用欧化语言来进行文学创作。傅斯年在《怎样做白话文》一文中就提倡要"直用西洋文的款式，文法，词法，句法，章法，词枝（figure of speech）……一切修辞学上的方法，造成一种超于现在的国语，欧化的国语，因而成就一种欧化国语的文学"[13]。傅斯年的主张代表了五四时期新文学建设策略中的一种重要思路，五四文学运动是以打倒旧文学、创建新文学为目标的，但打倒旧文学容易，创建新文学却很艰难。新文学如何创建，当时并没有现成的标准可以依凭。胡适当年就把希望寄托在文学翻译上，他说："怎样预备方才可得着一些高明的文学方法？我仔细想来，只有一条法子：就是赶紧多多地翻译西洋的文学名著做我们的模范。"[14]现在看来，胡适的这番话的确具有远见卓识。回顾近现代的文学翻译和文学创作历史，我们不难发现，在语言运用方面，白话语言在文学表达上的可行性是先在翻译文学上取得成功后，再由现代作家落实在文学创作上的。正如郑振铎在肯定清末文学翻译对新文学创作的重要意义时所说的那样："中国的翻译工作是尽了它的不小的任务的，不仅是启迪和介绍，并且是改变了中国向来的写作的技巧，使中国的文学，或可以说是学术界，起了很大的变化。"[15]可以说，中国现代文学作品的语言形态，从词汇、句法到语法规则，都与翻译文学的"欧化"语言有密切的关系，而且许多正是翻译文学影响下的结果。

弄清楚了翻译文学和中国现代文学之间的关系后，我们最后来谈谈现代翻译文学史的书写问题。以前对翻译文学史的编写是相当薄弱的，不仅数量少，而且质量上也有很多欠缺。谢天振先生在《译介学》一书中，曾介绍了国内先后出现的两本翻译文学史著作：一本是阿英的《翻译史话》，另一本是北京大学西语系法文专业 1957 级全体学生编著的《中国翻译文学简史》。但前者只写了开头四回就辍笔；而后者只有对文学翻译事件和文学翻译家的评述与介绍，因而只能算一部"文学翻译史"，而不能算是"翻译文学史"。可见，就现有状况而言，国内对翻译文学史的研究和编写还处于相当滞后的阶段。要编写翻译文学史必须首先对翻译文学史加以准确定位，那么如何认识翻译文学史的性质呢？有学者认为，"翻译文学史就是在翻译文学在原语与译语两种语境相互作用下的解读史"[16]。这种看法虽然注意到了翻译文学在语言转换中所表现出的独特性，但没有认识到翻译文学与中国现代文学之间的密切关系，因而对于我们编写翻译文学史来说并无多大助益。在笔者看来，现代翻译文学史实际上就是翻译文学与现代文学的互动关系史，现代翻译文学史的写作只有放在翻译文学与现代文学的关联与互动、放在现代文学的现代化进程的历史语境中，才可能具有现实价值和可操作性。

既然现代翻译文学史是翻译文学与现代文学的互动关系史，那么我们为现代翻译文学写史就应当考虑依循现代文学的发展线索来展开对翻译文学的历史叙述。因此，现代翻译文学史必定涉及对这些关系的阐述：文学思潮、流派与翻译文学，文学期刊与翻译文学，时代变革与翻译文学，作家创作与翻译文学等。对这些关系的仔细清理和深入阐释，将构成现代翻译文学史的基本构架。

首先看文学思潮、流派与翻译文学的关系。谢天振说，翻译文学史应"关注一下某些文学思潮的翻译介绍"[17]，这是很有见地的。但我们还要认识到中国文学界对外来文学思潮的翻译介绍不是孤立发生的，而是同中国现代文学创作中的文学思潮与文学流派的创作思想和理论要求密切相关的。比如文学研究会对法国、英国、俄罗斯等国的现实主义文学的译介、"左联"对苏联无产阶级文学的译介等，无不与中国现代文学自身的创作要求有关。这就是说，我们关注西方文学思潮的译介时，要注重梳理翻译文学、西方文学思潮和中国现代文学思潮三者之间的关系。文学期刊与翻译文学之间的关系也是极为明确的。中国现代作家是将翻译和创作并重的，现代的文学期刊不仅是作家发表创作文学的重要阵地，也是他们发表翻译文学的重要阵地。不仅著名的刊物如《新青年》《小说月报》《创造季刊》如此，其他期刊也不例外。比如二三十年代新月社主办的《新月》月刊，就先后刊载了徐志摩译的哈代、罗塞蒂的诗歌，闻一多译的《白朗宁夫人的情诗》，梁实秋译的彭斯的诗歌，还有由饶孟侃、卞之琳等人译的郝斯曼、戴维斯、雪莱、济慈、波德莱尔等人的诗歌；也刊发了莎士比亚的《威尼斯商人》（顾仲彝译）、欧尼尔（E. O'Neil,

现译奥尼尔）的《还乡》（马彦祥译）、萧伯纳的《人与超人》（熊式一译）等戏剧；同时还刊载了许多翻译小说，例如胡适译的短篇小说欧·亨利的《戒酒》、哈特的《米格尔》和《扑克坦赶出的人》，徐志摩译的 Diard Garnett 的《万牲园里的一个人》和 A. E. Coppard 的《蜿蜒：一只小鼠》，西滢译的曼斯菲尔德的《娃娃屋》《一个没有性气的人》《贴身女仆》和《削发》，叶公超译的伍尔芙夫人的《墙上一点痕迹》等。文学期刊与翻译文学的密切关系由此可见一斑。翻译文学的出现总是与时代变革有关，中国现代文学在时代的发展中几经变革，历经从文学革命到革命文学再到解放区文学的流变过程，翻译义学也随着这一时代变革而发生相应的改变。所以，现代翻译文学史也应该描述这一发展变革的全过程。而中国现代作家与翻译文学的关系既是现代翻译文学史阐述的重点，又是其中的一个难点。我们知道，中国现代文学是在中西文化和文学交汇、碰撞之下生成的文学形态，几乎每一个现代作家都从翻译文学中汲取了文学创作的养料，以鲁迅、胡适、周作人、郁达夫等为代表的"五四作家"大都从林纾的翻译作品里读到了域外的文学信息，"后五四作家"又从五四时期的作家和翻译家的文学翻译中获得了外国文学的滋养。同时，翻译文学也构成了许多作家从事创作的一个必要的组成部分，鲁迅、胡适、郭沫若、茅盾、冯雪峰、郑振铎等都留下了大量的文学译著，这些译著对我们理解作家的精神世界是很有帮助的，现代作家们大量翻译著作的存在也显示出翻译文学与作家创作之间的紧密联系。自然，描述现代作家创作与翻译文学的关系时，事实的清理只是其中的一个方面，更重要的是要通过细致的研究把现代作家创作与翻译文学之间在创作技巧、题材、情节结构甚至精神上的联系等深层内涵充分揭示出来。

我们注意到，从翻译文学与现代文学互动关系的角度来书写翻译文学史，容易忽略对翻译家的文学史地位的叙述。对现代文学来说，翻译文学既是"媒婆"（郭沫若语），也是"奶娘"（郑振铎语），翻译家对中国现代文学的发展是功不可没的。书写中国现代翻译文学史，当然少不了对现代翻译家历史地位的塑造。因此，在展示每一个历史时期翻译文学与现代文学的关系时，我们有必要设立专节对这一时期翻译家的学术成就加以陈述。

注释：

[1] 黄修己：《中国新文学史编纂史》，北京：北京大学出版社1995年版，第47页。

[2] 周国平：《名著在名译之后诞生》，《中华读书报》，2003年3月26日第23版。

[3] 高玉：《翻译文学：西方文学对中国现代文学影响关系中的中介性》，《中国现代文学研究丛刊》2002年第4期，第49页。

[4] 郭延礼：《中国近代翻译文学概论》，武汉：湖北教育出版社1998年版，第15页。

[5] 谢天振：《译介学》，上海：上海外语教育出版社1999年版，第223页。

[6] 葛中俊：《翻译文学：目的语文学的次范围》，《中国比较文学》1997年第3期，第3页。

[7] 杨武能：《歌德与中国》，北京：生活·读书·新知三联书店1991年版，第1页。

[8] 茅盾：《一年来的感想与明年的计划》，转引自陈福康：《中国译学理论史稿》，上海：上海外语教育出版社2000年版，第231~232页。

[9] 郑振铎：《俄国文学史中的翻译家》，《改造》1921年第3卷第11期。

[10] 瞿秋白：《瞿秋白文集》（第三卷），北京：人民文学出版社1954年版，第54页。

[11] [英] A. F. 泰特勒：《论翻译的原则》，转引自陈福康：《中国译学理论史稿》，上海：上海外语教育出版社2000年版，第222页。

[12] 陈子展：《中国近代文学之变迁　最近三十年中国文学史》，上海：上海古籍出版社2002年版，第95页。

[13] 傅斯年：《怎样做白话文》，《新潮》1919年第1卷第2号。

[14] 胡适：《建设的文学革命论》，《胡适说文学变迁》，上海：上海古籍出版社1999年版，第56页。

［15］郑振铎：《清末翻译小说对新文学的影响》，转引自陈福康：《中国译学理论史稿》，上海：上海外语教育出版社2000年版，第229页。

［16］刘耘华：《文化视域中的翻译文学研究》，《外国语》1997年第2期，第2页。

［17］谢天振：《译介学》，上海：上海外语教育出版社1999年版，第285页。

（原载《人文杂志》2014年第2期，人大复印资料《中国现代当代文学研究》2014年第5期、《文艺理论》2014年第11期全文转载，《中国社会科学文摘》2014年第3期摘录）

《新青年》与中国文学现代性话语的构建

　　《新青年》的出现在 20 世纪的中国是最为引人注目的政治事件、文化事件和文学事件。如果说近代学人梁启超、王国维首先吹响了中国文学迈向现代化的进攻号角的话，那么，作为五四新文学运动的重要阵地的《新青年》，则使文学现代性的话语在各个方面都得到了探讨和落实。假如说《新青年》影响和规划了 20 世纪中国文学的历史走向，这种说法是完全可以成立的。中国文学在 20 世纪不同阶段上所出现的思想潮流、创作格局和运作模式，都可以从《新青年》那里找到踪影和迹象。因此，思考中国现代文学的现代性，《新青年》是一个绕不开的文学事件。《新青年》是如何建构中国文学现代性的话语体系，进而影响和预制中国现代文学的基本走势的呢？这是一个非常值得玩味的话题。下面拟从这一角度切入来探讨《新青年》与中国文学现代性的关系。

读者群的想象与建构

　　晚清大众传媒是异常发达的，创办报纸和杂志成为当时文化人借以传播新思想、普及新文化的一个主要的方式和途径。根据陈万雄先生考证，仅在清末最后约十年时间里，出现的白话文报纸和杂志（主要是报纸）就约有 140 种，其中在安徽办的报刊有30 多份，这些数字都是相当可观的。这些报纸和杂志中，许多都有自己的办报或办刊宗旨。例如，1901 年 10 月 21 日创办的《苏州白话报》，就声称自己以"开通人家的智识"为宗旨；1903 年4 月 6 日创刊的《童子世界》月刊，则把宗旨定位为"以爱国之思想曲述将来的凄苦，呕吾心血而养成夫童子之自爱、爱国之精神"其文字多合于童子程度，妇孺皆可卒读"[1]。纵观晚清的报刊，把读者群锁定在妇孺儿童的不乏其例，这是报业人员宣传革命、启牖民智的思想所决定的，但把读者群圈定为青年的却不多见。直到1915年9月15日，《新青年》创刊号（即《青年杂志》）上发表的《青年杂志社告》，才把杂志的读者群明确定位在青年上。《青年杂志社告》全文如下：

一、国势陵夷，道衰学弊。后来责任，端在青年。本志之作，盖欲与青年诸君商榷将来所以修身治国之道。

二、今后时会，一举一措，皆有世界关系。我国青年，虽处蛰伏研求之时，然不可不放眼以观世界。本志于各国事情学术思潮尽心灌输，可备攻错。

三、本志以平易之文，说高尚之理。凡学术事情足以发扬青年志趣者，竭力阐述，冀青年诸君于研习科学之余，得精神上之援助。

四、本志执笔诸君，皆一时名彦，然不自拘限。社外撰述，尤极欢迎。海内鸿硕，倘有佳作见惠，无任期祷。

五、本志特辟通信一门，以为质析疑难发舒意见之用。凡青年诸君对于物情学理有所怀疑，或有所阐发，皆可直缄惠示。本志当尽其所知，用以奉答。庶可启发心思，增益神志。

与此前的报刊相比，《新青年》虽然"宣传革命、开启民智"的办刊意图并没有发生多大的变化，但把青年确立为自己的读者群，为青年办，为青年写，让青年参与，与青年对话，这就与此前的其他报纸和杂志显示出很大的不同。此前的读者群体锁定为妇孺儿童，实际上显示了晚清文化人作为知识占有者话语权上的某种优越性，希望借自己的知识优势来提拔社会的弱势群体，这不免显明报业人员充任人生导师的一种心态。《新青年》把自己的读者对象选定为青年，恰当地体现了刊物应时运而生、领时代风潮的思想意义。从年龄层次来说，青年是最富活力的一个阶层，抓住这个特定的读者群，也就意味着抓住了中国的前途和命运；从宣传的时效来看，青年人敢作敢为，容易理解和接受新的事物、新的思想，并能用所接受的思想指导自己的人生和社会实践，将其转化为从事革命的现实力量。分析上面的《青年杂志社告》，我们不难觉察，除第四条没有涉及青年外，其余几条都强调刊物与青年之间的密切联系：或与青年"商榷"修身治国之道理，或启发青年关心各国事情以养成世界之胸怀，或号召青年主动提出人生疑难、阐发行世之理等。"商榷""可备攻错""庶可"等词语的选用，意在尽量弱化刊物面对青年可能出现的话语霸权，一定程度上增强了刊物的亲切感和吸引力。

杂志以陈独秀的《敬告青年》一文开篇，直赞青年"如初春，如朝日，如百卉萌动，如利刃之新发于硎，人生最可宝贵之时期也。青年之于社会，犹新鲜活泼细胞之在人身"。然而此青年非彼青年，陈独秀眼中的"青年"是世界型的和未来型的，而非当时"青年其年龄，而老年其身体"，或者"青年其年龄或身体，而老年其脑神经"的现实形态。陈独秀以世界性的眼光，指出"新"的青年应该具备六种品格，即"自主的而非奴隶的""进步的而非保守的""进取的而非退隐的""世界的而非锁国的""实利的而非虚文的""科学的而非想象的"[2]在这六条品格中，"自主的而非奴隶的""科学的而非想象的"两条是后来《新青年》极力鼓吹的"民主"与"科学"两个关键词的初次亮相；其他四条则分别贯串了进化论、参与意识、世界眼光和实用主义等社会规律与人生准则。《敬告青年》一文，可以看作五四时期指导青年思想和行动的一个总纲领、总信条，其与五四运动和新文化精神之间异常紧密的关系是不言自明的。

时隔不到一年，李大钊也在《新青年》上发表了一篇题为"青春"的文章，对国家、民族的前途和命运做了陈述，呼吁青年们勇敢承担起振兴国家、民族的重责。这篇文章洋洋万余言，写得汪洋恣肆，充满了青春的激情。用青年人的情感方式和言说方式来表达思想，从而引起青年人极大的阅读兴趣，这是李大钊该文的特征，也代表了《新青年》的一种典型的书写策略。在文中，李大钊沿用了二元对立的思维模式，将国家和民族分为"白首的"与"青春的"两种类型，"人类之成一民族一国家者，亦各有其生命焉。有青春之民族，斯有白首之民族，有青春之国家，斯有白首之国家"。而观览吾国形势，不能不感叹："支那之民族，濒灭之民族也。支那之国家，待亡之国家也。"这样，青年人身上的担子就显得异常沉重。"青年乎！其以中立不倚之精神，肩兹砥柱中流之责任，即由今年今春之今日今刹那为时中之起点，取世界一切白首之历史，一火而摧焚之，而专以发挥青春中华之中，缀其一生之美于中以后历史之首页，为其职志，而勿逡巡不前。"在文章最后，作者号召青年"进前而勿顾后，背黑暗而向光明，为人类造幸福，以青春之我，创建青春之家庭、青春之国家、青春之民族、青春之人类、青春之地球、青春之宇宙，资以乐其无涯之生"，激励的话语里散发的是"胸怀祖国，放眼世界"的壮志豪情，对于热血青年来说，是极富煽动性和诱惑力的。[3]

自《新青年》1915年创刊以来，刊物同仁以青年作为想象的读者，把为青年写和写青年当成他们共同的价值取向，但一直取与青年探讨、商榷之姿态，没有在刊物中明确以"青年"自居。直到1919年五四运动爆发之后，《新青年》感觉自己已经收服了大量的青年读者群，自然行文处处显露出同青年心气相和、融为一体的倾向来。如1919年12月1日出版的第7卷第1号《新青年》就刊出了一则充满战斗激情的《本志宣言》，以青年代言人的口吻，借向社会各界"明白宣布""全体社员的公共意见"之机，书写时代青年的心声。这篇宣言气势恢宏，如入江之水，涛声鼎沸。以"我们"为人称，表达在政治、道德、科学、艺术、宗教、教育等诸多方面的思想观念。"我们新社会的新青年"云云，表现的是《新青年》充当青年喉舌的自然和自信。自此可见，在《新青年》看来，五四运动的发生证实了这样一个结论：

青年人作为刊物的读者群，已经由最初的假想变为了确切的真实。占领青年这一特殊的读者市场，使《新青年》的思想在以后的时空中不断蔓延开来，以至成为今天乃至往后人们回眸那段历史时不能不视之为那个时代的主流话语。这是《新青年》杂志比其他刊物更为高妙的地方。

关键词的意义赋予

五四时期是中国文艺的复兴期，现代社会的不少核心词汇，其蕴含的文化意义都是在这一时期被《新青年》等杂志赋予的，分析这些核心词汇有助于我们弄清五四新文化的精神内涵。这些核心词汇中的主干部分如政治、道德、科学、艺术、宗教、教育以及民主、自由等，许多已被研究者做了深入的研究和系统的阐释，此处不再重复。但有另一组词汇，它们构成了《新青年》话语主体框架构建中的基本思维内核，同样显得意义重大，而且三者之间关系密切，但至今没有被我们加以细致的阐释和阐发，以期还原《新青年》话语主体的基本框架和运作模式。

任何期刊的内容和形式的选材都是有倾向性的。根据办刊者的个人志趣和价值选择，期刊从内容和形式上都会呈现出一定的独特性，赞成什么、反对什么、宣扬什么、推倒什么，这在期刊组编、推举出的文章中都能得以鲜明的体现。在这个意义上说，所谓某一期刊的话语主体实际上就是这种期刊带有倾向性的话语内容和话语形式。《新青年》内容的偏向性在哪儿呢？我们可以通过鲁迅的一段话找到部分答案。鲁迅曾说：

我看《新青年》的内容，大略不外两类：一是觉得空气闭塞污浊，吸这空气的人，将要完结了；便不免皱一皱眉，说一声"唉"。希望同感的人，因此也都注意，开辟一条活路。假如有人说这脸色声音，没有妓女的眉眼一般好看、唱小调一般好听，那是极确的真话；我们不必和他分辩，说是皱眉叹气，更为好看。

和他分辩，我们就错了。一是觉得历来所走的路，万分危险，而且将到尽头；于是凭着良心，切实寻觅，看见别一条平坦有希望的路，便大叫一声说，"这边走好"。希望同感的人，因此转身，脱了危险，容易进步。假如有人偏向别处走，再劝一番，固无不可；但若仍旧不信，便不必拼命去拉，各走自己的路。因为拉得打架，不独于他无益，连自己和同感的人，也都耽搁了工夫。[4]

鲁迅这一番话用十分形象的语言点明了《新青年》杂志的两个重要内容：一个是对过去思想文化的总结，另一个是对未来思想道路的探求。在《新青年》里，对过去思想文化的总结性文章以陈独秀的最为突出，他的文章以"孔教"为关键词来对旧有思想文化进行总命名，并对这一关键词作了较为系统的阐释和分析。他首先对"孔教"的文化性质作了定性的归总，认为"孔教"是伦理学意义上的思想形态："孔教之精华曰孔教，为吾国伦理政治之根本。"[5]而且"孔教"虽也被冠之以"教"，但不具有宗教性质，"孔教绝无宗教之实质与仪式，是教化之教，非宗教之教"[6]。在《旧思想与国体问题》一文中，陈独秀对"孔教"的伦理学意义进行了更为细致的阐明：

按孔教的教义，乃是教人忠君、孝父、从夫。无论政治伦理，都不外这种重阶级尊卑三纲主义。孟子道："孔子成《春秋》，而乱臣贼子惧。"荀子道："礼有三本：天地者，生之本也；先祖者，类之本也；君师者，治之本也。"董仲舒道："《春秋》之法，以人随君，以君随天。"这都是孔教说礼尊君的精义。[7]

在把"孔教"明确界定在伦理学的范畴之后，陈独秀还对"孔教"的封建性特征进行了进一步的分析和说明：

孔子生长封建时代，所提倡之道德，封建时代之道德也；所垂示之礼教，即生活状态，封建时代之礼教，封建时代之生活状态也；所主张之政治，封建时代之政治也。封建时代之道德、礼教、生活、政治，所心营目注，其范围不越少数君主贵族之权利与名誉，于多数国民之幸福无与焉。何以明之？儒家之言：社会道德与生活，莫大于礼；古代政治，莫重于刑。而《曲礼》曰："礼不下庶人，刑不上大夫。"此非孔子之道及封建时代精神之铁证也耶？[8]

在说明了"孔教"的伦理学意义和封建性特征后，陈独秀最后表达了自己的情感态度：要想建立现代社会，就必须反对"孔教"。因为"孔教"不利于培养现代社会所要求的"个人独立主义"，也妨碍了妇女身体、精神的正常发展。在对四川读者吴虞来信的回复中，陈独秀祖露了自己反对"孔教"的坚决态度："况儒术孔道，非无优点，而缺点则正多。尤与近世文明社会绝不相容者，其一贯伦理政治之纲常阶级说也。此不攻破，吾国之政治，法律，社会道德，俱无由出黑暗而入光明。"[9]

如果说《新青年》是以"孔教"这一词语来作为对旧思想文化的总体概括的话，那么，"主义"则是他们对未来思想文化的命名。在文化建设上，陈独秀提出了"四大主义"来作为当时教育的指导方针和培养目标，及强国富民的基本指导思想。这"四大主义"就是"现实主义""惟民主义""职业主义"和"兽性主义"，分别对应着"了解人生之真义""了解国家之意义""了解个人与社会经济之关系"和"了解未来责任之艰巨"的历史任务。在文学革命上，陈独秀又与胡适相呼应，提出了著名的"三大主义"："文学革命之气运，酝酿已非一日，其首举义旗之急先锋，则为吾友胡适。余甘冒全国学究之敌，高张'文化革命军'大旗，以为吾友之声援。旗上大书特书吾革命军三大主义：曰，推倒雕琢的阿谀的贵族文学，建设平易的抒情的国民文学；曰，推倒陈腐的铺张的古典文学，建设新鲜的立诚的写实文学；曰，推倒迂晦的艰涩的山林文学，建设明了的通俗的社会文学。"[10]陈独秀通过对这些"主义"的提炼和剖析，为我们绘制了中国文化和文学的新的思想蓝图。

"孔教"用来概括旧时代的思想形态,"主义"则用来标画新思想、新文化的图景。作为旧时代的思想形态的"孔教"是必须打倒的,而具有新思想、新文化特征的各种"主义"是必须逐步树立的。那么,该采取什么手段才能达到推倒旧思想、树立新思想的目的呢?《新青年》拎出"革命"一词来作为达至这一目的的基本策略。其实"革命"在中国古语中早已存在。许慎《说文解字》释义:"兽皮治去毛曰革。""革"含有剧变、脱离、死灭等意义;"命"有天命、命运、生命等意义。作为儒家学说的重要政治话语,"革"与"命"结合为一个词最早出现在《易经》上:"天地革而四时成,汤武革命,顺乎天而应乎人,革之时义大矣!""革命"在这里是改朝换代的意思,以武力推翻前代王朝,既包括对旧政权的颠覆,也包括对旧皇族的杀戮,很合乎"兽皮治去毛"的古义;而英语"revolution"没有此层意义。在近代,"革命"话语经过梁启超、孙中山等人的语言说明和行动诠释有了新的意蕴,既借鉴了西方"revolution"的内涵,又保留了中国传统的某些意义,成了一个通胀的话语系统,是交织着现代性意义和传统性意义的现代话语。① 五四新文化运动的领导者如陈独秀、胡适等,在使用"革命"这个关键词时,显然吸收了近代以来从梁启超到孙中山等人的思想成果,一方面意识到"革命"在西方语境中拥有"和平渐进"与"激烈颠覆"的双重含义,如胡适在阐述他的历史进化观时就曾经说过:"历史进化有两种:一种是完全自然的演化,一种是顺着自然的趋势,加上人力的督促。前者可以叫做演进,后者可以叫做革命。"[11]另一方面,还从传统的观念出发,阐明了在摧毁旧的文化和文学上,"革命"应表现出"兽皮治去毛"的决绝和残酷,如陈独秀在

---

① 关于"革命"话语的意义变革,可参考陈建华:《"革命"的现代性——中国革命话语考论》,上海:上海古籍出版社 2000 年版;刘小枫:《儒家革命精神源流考》,上海:上海三联书店 2001 年版。

《再答胡适之》中所说的："改良文学之声，已起于国中，赞成反对者各居其半。鄙意容纳异议，自由讨论，固为学术发达之原则；独至改良中国文学，当以白话为文学正宗之说，其是非甚明，必不容反对者有讨论之余地……。"[12] 从这段措辞的坚决态度中，我们不难发觉陈独秀对"革命"的传统之意的继承和借鉴。正是在陈独秀坚决的"革命"态度的影响之下，胡适将前拟的《文学改良刍议》一文略加修改，并把标题换成了《建设的文学革命论》重新刊载。标题词语从"改良"到"革命"的改动，可以看出胡适文学观念的前后变化。总之，在陈独秀和胡适这里，"革命"被看作是达到推倒旧文化和旧文学、建设新文化和新文学这一目的的最主要策略，而两人的"革命"论里，又不同程度地混融着西方和中国传统的不同观念。

"尝试"的现代性

中国新诗史上第一部个人白话诗集为胡适的《尝试集》，由上海亚东图书馆在 1920 年 3 月正式出版发行。在诗集的"自序"上，胡适说明了自己诗集取名的由来，是出于对陆游的诗句"尝试成功自古无"的反驳。在对陆游的这一诗句作了简短的评析后，胡适写下了这样一段文字：

"尝试成功自古无！"放翁这话未必是。我今为下一转语：自古成功在尝试！请看药圣尝百草，尝了一味又一味。又如名医试丹药，何嫌六百零六次？莫想小试便成功，那（哪）有这样容易事！有时试到千百回，始知前功尽抛弃。即使如此已无愧，即此失败便足记。告人此路不通行，可使脚力莫枉费。

我生求师二十年，今得"尝试"两个字。作诗做事要如此，虽未能到颇有志。作"尝试歌"颂吾师，愿大家都来尝试！

这首颇有点"打油"味道的文言诗，从古体诗的格式规范角度来说，其艺术水平是不高的，质量上无法与陆游的原有诗歌相提并论。但是从探索诗歌创作的新路子、创造现代汉语诗歌的角度而言，胡适的这首《尝试歌》以及整部《尝试集》，却有着为中国文学开辟新天地的历史功绩。《尝试集》中的许多诗歌都曾在《新青年》上刊载过，代表了中国新文学的第一批创作成果。尽管在今天看来，这些成果的艺术成色并不高，但胡适等人在当时甘愿冒创作失败之危险，"即使如此已无愧，即此失败便足记"，大胆"尝试"新的诗歌写作方式的行为，却是值得我们充分肯定的。胡适等人的文学"尝试"，作为一种现代性的精神现象，主要体现了以下两方面的积极意义：

第一，向世人展示了敢于实验的精神。胡适创作的白话诗最早出现在《新青年》的时间是 1917 年 2 月 1 日第 2 卷第 6 号，到 1918 年 1 月 15 日《新青年》发行第 4 卷第 1 号时，则集中发表了胡适的《鸽子》《人力车夫》《一念》《景不徙》、沈尹默的《鸽子》《人力车夫》《月夜》和刘半农的《题女儿小蕙周岁日造像》八首白话诗歌，这可说是《新青年》新诗创作阵营的第一次集体亮相。自此以后，《新青年》每期都要登载几首新诗作品，不少新文学作家如鲁迅、周作人、俞平伯等也参与了进来，他们先后交上自己的新诗"试验品"，对白话诗写作的推广与普及作了有力的声援。这批作家从事新诗创作的意图并不是想着要使自己的作品名垂千古，更多的是一种"实验精神"的体现。正如胡适后来将自己的诗歌结为《尝试集》出版时，在序言里所说的那样："我实地试验白话诗已经三年了，我很想把这三年试验的结果供献给国内的文人，作为我的试验报告。……无论试验的成绩如何，我觉得我的《尝试集》至少有一件事可以供献给大家的。这一件可供（贡）献的事就是这本诗所代表的'实验的精神'。我们这一班人的文学革命论所以同别人不同，全在这一点试验的态度。"[13] 从这段话里我们不难看出"试验的态度""实验的精神"等理念，在胡适的白话诗创作中是极为受尊视的。

贺麟先生曾经指出："胡适之等所提倡的实验主义，此主义在西洋最初由詹姆士、杜威等为倡导人，在五四运动前后十年支配整个中国思想界。尤其是当时的青年思想，直接间接都受此思想的影响，而所谓新文化运动，更是这个思想的高潮。"[14]也就是说，胡适所看重的"试验的态度"和"实验的精神"，体现了实用主义哲学思想与中国文学变革的历史要求之间的遇合。我们知道，胡适在留学美国期间，是治哲学和文学的，而当时以杜威、詹姆士等为代表的实用主义哲学思潮正极为时兴。实用主义哲学属于经验主义哲学的一脉，它极力摈弃欧洲一贯以来从抽象到抽象的哲学玄辩，而强调理论的经验化、具体化，正如詹姆士所说："实用主义代表了哲学中人们很熟悉的一种态度，即经验主义的态度。但在我看来，比起经验主义已经采取过的形式，它更加彻底同时也更难以反驳。……它拒绝了抽象和不充分的东西，拒绝了字面上的解决，拒绝了不好的、先验的理由，拒绝了固定的原则、封闭的体系与虚构的绝对和起因。它追求具体和恰当，追求事实，追求行动与力量。……它意味着开放的气氛和自然的各种可能，反对教条的、人造的和假冒终极的真理。"[15]实用主义拒绝抽象、看重实践的哲学思想对胡适的影响是相当大的。胡适后来就把实用主义称为"实验主义"，并极为认可詹姆士提出的世界实在是人化的实在、要通过人的活动才能理解的哲学观念。胡适说道："总而言之，实在是我们自己改造过的实在。这个实在里面含有无数人造的分子。实在是一个很服从的女孩子，他百依百顺的由我们替他涂抹起来，装扮起来。'实在好比一块大理石到了我们手里，由我们雕成什么像'。宇宙是经过我们自己创造的工夫的。"[16]由此可见，胡适新文学的理论和实践，都是实用主义哲学催生下的产物，反映了文学变革的历史要求与美国实用主义哲学之间的亲密合作。

第二，给了人们"放胆创造的勇气"。正如许多研究者看到的那样，胡适对中国新诗的"尝试"之作，其价值并不在诗歌本身，而是在行动的意义上。杨义曾指出："就胡适的尝试精神和参差不一的成果而言，他的《尝试集》最重要的价值在于诗外，在于他为新文化运动率先试作白话诗的胆量，在于他拓展人们创造新诗的视野和勇气。"[17] 陈子展认为："《尝试集》的真价值，不在建立新诗的轨范，不在与人以陶醉于其欣赏里的快感，而在与人以放胆创造的勇气。"[18] 的确，放弃旧有艺术的陈规，另辟蹊径，垦拓一片新的天地，其精神可取，其勇气可嘉。胡适具有的这种"放胆创造的勇气"，体现的是一种艺术创作的先锋精神。先锋就是探索，先锋就是自由自在、无拘无束，先锋就是打破陈规、大胆创作。如果不从诗歌的质量上来衡量，而从语言的角度出发，我们可以武断地说，在 20 世纪初期古典诗歌占据主流地位时，胡适等人所创作的白话诗歌的出现，代表的正是当时的一种先锋诗潮，胡适等人是中国新文学的开路者和文学革命的先头部队。文学革命正是在"实验的精神""放胆创造的勇气"的支配之下，不断地取得成功并最终走向胜利的。新文学也是在这种"精神"和"勇气"的感召之下，不断开拓自己的疆土，并最终成为在 20 世纪中国文学领域占绝对主导地位的审美形式。

注释：

[1] 陈万雄：《"五四"新文化的源流》，北京：生活·读书·新知三联书店 1997 年版，第 134～159 页、第 103～112 页。

[2] 陈独秀：《敬告青年》，《青年杂志》1915 年第 1 卷第 1 号。

[3] 李大钊：《青春》，《新青年》1916 年第 2 卷第 1 号。

[4] 唐俟（鲁迅）：《渡河与引路》，《新青年》1918 年第 5 卷第 5 号。

[5] 陈独秀：《宪法与礼教》，《新青年》1916 年第 2 卷第 3 号。

[6] 陈独秀：《驳康有为致总统总理书》，《新青年》1916 年第 2 卷第 3 号。

[7] 陈独秀：《旧思想与国体问题》，《新青年》1917 年第 3 卷第 3 号。

[8] 陈独秀：《孔子之道与现代生活》，《新青年》1916 年第 2 卷第 4 号。

[9] 陈独秀：《答吴又陵》，《独秀文存》，合肥：安徽人民出版社 1987 年版，第 646 页。

[10] 陈独秀：《文学革命论》，《新青年》1917 年第 2 卷第 6 号。

[11] 胡适：《白话文学史》，上海：上海古籍出版社 1999 年版，

第4页。

［12］陈独秀：《再答胡适之》，《新青年》1917年第3卷第3期。

［13］胡适：《〈尝试集〉自序》，《胡适文集》（第九卷），北京：北京大学出版社1998年版，第81页。

［14］贺麟：《时代思潮的演变与批判》，《资产阶级学术思想批判参考资料》（第四集），北京：商务印书馆1959年版，第58页。

［15］［美］威廉·詹姆斯：《实用主义的涵义》，《詹姆斯集》，上海：上海远东出版社1997年版，第6~7页。

［16］胡适：《实验主义》，转引自闻继宁：《胡适之的哲学》，上海：上海三联书店1999年版，第65页。

［17］杨义：《中国新文学图志》（上），北京：人民出版社1998年版，第115页。

［18］陈子展：《中国近代文学之变迁·最近三十年中国文学史》，上海：上海古籍出版社2000年版，第293页。

（原载《现代性及其不满：中国现代文学的张力结构》，银川：宁夏人民出版社2007年版）

"现代性"批评话语的反思与重构:
兼评李怡《现代性: 批判的批判》

新时期以来,中国学术界以中国现当代文学研究最为活跃,也最引人关注。造成这一情势的原因,一方面在于,中国现当代文学的研究对象和言说话题与当下中国的社会发展实际有着直接的意义关系;另一方面在于,由于从事此方面研究的学者对当代世界思想和文化思潮反应敏锐、接受力强,来自西方世界的许多文学批评话语得以最先在这一领域受到启用和演练,从而使中国学术界能与当代世界的思想和文化潮流形成及时的激荡、呼应和对话。西方现代的文学批评话语在中国现当代文学研究领域的引入和调用,从某种程度上来说有着不容低估的学术意义和作用,它们及时更新了中国现当代文学研究者的理论思维,拓宽了中国文学批评的学术视野,也不断敞亮了中国现当代文学的新的阐释空间。不过,中国现当代文学研究中这种追新逐异的思维模式在表面鲜活的背后,还有着不容忽视的潜在话语陷阱(或者说危机),那就是——它很可能使中国现当代文学在借助西方文学理论所作的阐释中,最后演变成西方文学的"中国版",而中国现当代文学自身的独立性和独特意义却在无形中隐匿甚至丧失了。因此,对西方文学批评话语的警惕,对中国文学现有研究范式的质疑,也就成了中国现当代文学研究中一项重要而迫切的课题。李怡的《现代性:批判的批判——中国现代文学研究的核心问题》① 正是一本对现代文学批评话语进行反思和重构的学术著作,

---

① 李怡:《现代性:批判的批判——中国现代文学研究的核心问题》,北京:人民文学出版社 2006 年版。下面引自该著的文字只随行标出页码,不再另行作注。

该著对"现代性"这一批评话语形式在中国现代文学研究中的学术历程进行了细致的追溯，对"现代性"在中国学术研究中的多重歧义做了深刻的考辨，并对中国现代文学与文化可能性的"现代阐释"提出了自己的见解，为我们准确理解中国现代文学的现代性提供了有益的参照和启示，也为中国学术界重构"现代性"批评话语开拓出一条新路。

毋庸置疑，"现代性"是 20 世纪 90 年代以降中国文学研究中的一个关键词，对它的意义捕捉和学理分析既有利于了解当代中国学术的发展状况，也有利于发现其中存在的一些问题。"现代性"到底意指何谓？它有没有一个确切的表述对象和适用范围？我们应该如何认识这一批评话语给中国文学研究造成的影响？又如何让它有效地介入到中国现代文学的阐释之中？这些问题都值得我们思考并做出相应的回答。汪晖曾经说过："现代性（modernity）一词是一个内含繁复、聚讼不已的西方概念。"[1]这显然是对"现代性"概念语义多重、让人莫辨一是之情形的一种表态。事实确乎如此，要对"现代性"概念做一个准确的界定，的确不是一件容易的事情，这并非因为资料贫乏或使用力度不够；恰恰相反，倒是因为人们使用得太多，堆积在我们眼前的资料又过于丰富。人们已经从科学、人文、社会、历史等各个不同的理论视角来阐述这个语词，表达他们对"现代性"的理解与认识。涉及"现代性"的西方哲学大师数以十计，包括康德、黑格尔、笛卡尔、韦伯、尼采、马克思、海德格尔、阿多诺、本雅明、福柯、利奥塔、哈贝马斯等，都对"现代性"问题进行了条分缕析的哲学阐释与鞭辟入里的学理分析。这些哲学家对"现代性"问题的反思，尽管在某种程度上体现着前后相继的思维连贯性，但他们言述中意指的"现代性"含义其实都不尽相同，以至于后来专门研究"现代性"的西方学者充分意识到，"现代性"的词义是游移不定的，"现代性"的概念是复杂多重的。卡林内斯库曾以善变的"面孔"来喻指"现代性"这一话语形态，并说："现代性可以有许多面孔，也可以只有一副面孔，或者一副面孔都没有。"[2]同时，西方学者也清楚地认识到，随着"现代性"理论的深化和扩散，这一话语所言说和牵涉的范围早已变得极为宽泛，已经从最初的哲学命题扩散到人文社会科学的各个领域，"这不仅涉及历史、美学、文学批评领域，而且还波及经济、政治和广告领域"，"现代性"语词在这些领域的广泛使用，不是使它的语义更明朗化，而是"使它变成了一个集最矛盾的词义于一体的十足的杂音异符混合体"。[3]与此同时，我们还必须认识到，同几乎所有的人文性语词一样，"现代性"也是一个被逐步建构起来的概念，正如英国学者吉登斯所说："现代性，是在人们反思性地运用知识的过程中（并通过这一过程）被建构起来的，而所谓必然性知识实际上只不过是一种误解罢了。"[4]也就是说，在"现代性"的意义含涉中，并没有所谓必然性的知识要素，只是人们在不断赋予这个词语以意义。也许正是基于以上的原因，卡林内斯库感到了"现代性"在解释上的无比困难，他曾不无幽默地宣称："什么是现代性？就像其他一些与时间有关的概念一样，我们认为能马上回答这个问题；但一旦我们试图表述自己的想法，就会意识到，作出令人信服的回答需要时间——更多更多的时间。"[5]尽管卡林内斯库这样说，但他在《现代性的五副面孔》中还是尽可能明晰地对"现代性"概念做了系统的归纳和总结，其中有关"两种现代性"（"世俗现代性"与"审美现代性"）的论述，已经构成了我们今天理解和掌握"现代性"意义的重要理论依据。

联系中国现代文学研究实际，不难发现，在中国学者的学术实践中，"中国现代性"的语意如今已经变得相当地复杂和模糊，甚至超过了它的西方含义。李怡认为，目前中国学术界至少有四种意义不同的"现代性"概念同时呈现出来：第一种是"现代性终结"论者的"现代性"，它立足"后现代"立场，顺应民族主义的思想要求，大胆宣称"现代性"在中国的终结；第二种是"呼唤现代性"论者的"现代性"概念，它将"现代性"定位于中国当代文学需要努力建设才可能呈现的品质；第三种是以西方现代性的知识系统来概括中国现当代文学的"现代性";第四种意义的"现代性"则是指一个描述中国现代文学特征的、得到普遍认同的习惯性用语,不一定有严格界定的言说方式。(第26~29页)也就是说,由于"现代性"语词在文学批评中的频繁出场、泛化使用,"现代性"批评话语在当代中国学术界呈现出一种令人担忧的胶着状态,即变成了某种在阐释中国文学事实中并非有效的"能指滑动"的概念杂耍和语言游戏,这种情形"已经严重影响到了我们对于实际文学问题的真切把握,影响到了我们对于20世纪中国文学思潮的深入理解"(第33页)。有鉴于此,李怡甚至主张:"鉴于'现代性'概念不可避免地与诸多西方文化因素的纠缠关系,我甚至设想,在阐述20世纪中国文学实际现象的过程中,我们可不可以摆脱对这一概念的过分依赖,以我们自己的文学理论提炼出其他更恰切更丰富的语汇。"(第33页码)从中我们不难读到研究者深挚的道德良心和学术责任感,不过在这里,理想的浪漫色彩恐怕要多于实际操作的可行性。因为文学理论并非是在一个独立的空间里自我发展与完善的,它的存在与发展必定要受社会政治和历史文化等多方面因素的制约;必定要与一定时期的社会思潮、政治倾向、历史境域和文化诉求等等产生难以分割的内在联系。也就是说,今天研究中国现代文学,恐怕还将会有很长时间离不开对"现代性"的描述和言说。中国学术界"现代性"批评话语中存在的问题,其实并不是该不该使用"现代性"这个语词,而是怎样合理使用的问题。一些研究者在使用这个话语范式时,只是将中国文学现象与西方"现代性"概念做了简单比附,没有在中西文学与文化之间做细致而慎重的差异性考察,这自然是极不妥当的。这一点与中国学术界使用"后现代主义"来阐释中国文学有许多相似之处,其弊害也正如盛宁所指出的:"像现在这样把人家所谓'后现代主义'文学的特点一二三四地归纳,与我们自己的现当代文学做一番比照,然后轻易地得出结论说,'中国也出现了后现代主义',我很担心,这样一种贴标签的做法会产生种种的副作用,至少会使我国文坛上那些致力于创新的文学实验给人以东施效颦的感觉。"[6]盛宁的担心是不无道理的，然而不能因为有种种的副作用，我们就轻易放弃"现代性"和"后现代"的言说理路。

检视"现代性"批评话语的学术历程，会发现非常富有戏剧性的一幕："现代性"批评话语登上中国学术的历史舞台，是同"后现代"批评话语联袂出场的。汉学家李欧梵先生曾指出："据我了解，中文'现代性'这个词是近十几年才造出来的，甚至可能是杰姆逊教授来北大做关于后现代的演讲时，连带把现代性的概念一并介绍过来的。"[7]这种情形使得中国学术界早期"现代性"论者在学术观念中自觉不自觉地打上了"后现代主义"的思想烙印，他们以质疑启蒙为起点，对中国现代文学进行了一系列富有冲击力的现代性重估和后现代批判。如将鲁迅等人的小说看成"民族寓言"的"政治投射"；将鲁迅的国民性思想解释成对一种外来思想的"翻译"；将沈从文、张爱玲视为具有"审美现代性"的代表作家；以强调中国现代文学中以"审美"为思想武器而抗御和批判现代文明的客观存在等。这些论断是这股"现代性重估"思潮中几种有代表性的声音。

我们不禁要问："现代性重估"思潮究竟给中国现代文学的学科发展带来了怎样的启示？这样的思维路向对于中国现代文学研究而言又有着怎样的学术意义？就积极的方面来说，这股"现代性重估"思潮很显然极大地冲击了中国现代文学研究界对于这一学科的价值判断，更新了他们固有的认识与思维，也催促他们及时反思既往的中国现代文学史观、清点业已形成的追求"现代性"的中国现代文学传统。不过，这种思潮暴露出的理论偏颇也十分明显：将所有中国现代作家的文学创作都纳入杰姆逊的"第三世界"文学理论的话语范畴之内，或者以"两种现代性"理论来解释中国现代所有的文学现象，结果都落入了整体主义的思维陷阱。这样的文学阐释在展现文学史生动而新鲜的一面的同时，却更大程度地简化并遮蔽了中国现代文学丰富的精神内涵，因为它是以牺牲每个现代作家自身的主体性特征、牺牲他们独特的人生体验和现实空间体验、牺牲作家与作家之间的个性差异为代价的。所以，在李怡看来，这样的"现代性"批评话语与现代中国丰富的文学史事实之间存在着明显的隔膜，理应受到学界深刻的反省与质疑。因此他主张，对于现代中国文化与现代中国文学的把握还必须再回到"中国"里来，深入体会我们自己的境遇，不断破除"语言漂浮物"的阻碍，再"正名"，再"命名"，然后方有我们可靠的"现代性"发生。针对学术界目前仍在时兴的"现代性"批评话语所导致的语言雾障，以及在中国现代文学阐释中难以避免的混沌和隔膜，李怡提出的上述主张不失为一种明智之举，体现着"现代性"批评话语反思中的思维推进与理论深化。

反思"现代性"批评话语，自然也离不开对中国"反现代性"思潮的历史考察和学理阐发。在 20 世纪中国现代文化和现代文学的生长与发育过程中，一直有一脉"反现代性"的保守主义思想潮流在暗处涌动着，这其中包括 20 世纪之初的国粹派、学衡派，以及 20 世纪末的"后学"论者。那么，如何认识和评价中国"反现代性"的保守主义思潮在现代文化建设中的意义和价值呢？李怡指出，"对于西方世界的种种思潮而言，无论它是古典的还是现代的，也无论它是激进主义、自由主义还是保守主义，贯穿于其中的一个重要趋向就是对于自身文化的质疑和批判"（第 89 页），而"中国林林总总的保守主义基本上都保持了对于中国文化'传统'的由衷的依恋"（第 91 页）。由是观之，对文化传统缺乏批判性立场的中国保守主义在参与中国现代思想和文化建设方面，其作用和力量都要大打折扣。但保守主义不是不具有存在的合理性，因为在现今这个价值多元的时代，各种观念的共存、交织、碰撞与互补是很正常的思想格局，激进、自由与保守之间保持一种动态的平衡，才是较合理的现代文化结构模式。所以，我们对保守主义应该给予充分的理解和容忍，并尽量保持一种理解之同情，这恐怕才不失为一种妥帖的"现代性"批评姿态。余英时说过："文化不仅是'除旧开新'，而且也是'推陈出新'或'温故知新'。创新和保守是不容偏废的。"[8] 不过，我们在承认保守主义存在合法性的同时，也有必要认真检审它的价值立场，以此来正确评判它对中国现代文化建设所具有的真实意义，因为"推陈出新"也好，"温故知新"也好，都需要有对"陈"和"故"的批判性继承、合理性扬弃，在此基础上才有可能"出新"或者"知新"。从这个角度来说，学衡派的局限在于他们"昌明国粹"的文化理想中，有着太多对于古典文化的非理性眷顾；而吴宓的悲剧则在于"以中国式的道德背景和道统观念来认同与读解着白璧德"，从而导致"其理想追求与中国现实的脱节"。中国的"反现代性"保守主义思潮，一直是作为中国现代文学追求"现代性"的文化进程中一股反方向的力量存在着的。因此，对中国"反现代性"保守主义思潮的重估，也是反思"现代性"批评话语中一个十分重要的环节。

反思"现代性"批评话语，不过是深化中国现代文学研究过程中一个重要的历史任务，但还不是最终的学术目标。我们更重要的学术目标在于以反思为契机，重构中国现代文学的研究范式，以期使中国现代文学研究更加成熟和完善，更加具有活力和锐气，更加贴近中国现代文学的本体，对中国现代文学事实与现象的阐发也显得更加确切和恰当。在这里，首要的任务自然是重构"现代性"的批评话语。那么，如何重构呢？李怡认为，仅靠西方文论的中国化或者古代文论的现代转换，还远不能解决当下的"现代性"批评话语与中国现代文学事实之间彼此隔膜的问题，解决这一问题的最佳途径是"返回"：一方面返回到现代作家的精神世界中去，努力进入更多的中国现代作家的"体验空间"，去认识和理解他们各种各样的实际的人生感受；另一方面也返回到我们自己原初的生命感受和文学感受中，调动研究者自身的真切人生体验，去悉心读解中国现代文学作品。以此为基点，李怡自觉地对"现代性"这种话语形式表达了某种戒备甚至拒斥："与其将我们的文学研究在越来越抽象的理论模式中带离我们的实际感受，不如再探究我们文学启动的'原点'，让我们首先返回文学需要的人生基点，然后再重新考察现代中国文学的

所谓'现代性'。"（第60页）

笔者认为，一味套用西方"现代性"的知识系统来解剖中国现代文学当然是不妥当的，但完全抛弃"现代性"话语范式未必就是一种理性的选择。毕竟"现代性"是一种带有世界性意义的概括性语词，而且也是一个至今在全球学术界富有活力的知识概念，它或许不是从中国文学实践中归纳出的一个理论术语，但这个"西方"概念因为有着深厚的哲学根基和现代文化内涵，还是能揭示出中国现代文学的某些本质和规律的。是不是可以这样来处理：从中国现代文学的创作实际出发，立足对作家精神世界的细微烛照，珍重现代作家和研究者自身的生存感受和生命体验，同时参考西方世界"现代性"的意义，发掘出中国现代文学中独有的"现代性"特征，来补充和完善西方思想界的"现代性"概念。从这个意义上来说，汪晖的一段话至今仍闪烁着真理的光芒："就中国的'现代性'问题而言，从问题的提出、形成的方式以及它的病理现象都不仅仅是中国社会的内部问题，也不仅仅是外来的文化移植，而是在不同的文化和语言共同体之间的互动关系中形成的。因此，对中国'现代性'的研究涉及的是一种'文化间性''文化间的交往行为'。这个概念并不意味着否认中国'现代性'发生的被动性，但却同时承认中国'现代性'发生过程中的文化自主性因素。"[9]

注释：

[1] 汪晖：《韦伯与中国的现代性问题》，《汪晖自选集》，桂林：广西师范大学出版社1997年版，第2页。

[2] [美] 马泰·卡林内斯库著，顾爱彬、李瑞华译：《现代性的五副面孔》"中译本序言"，北京：商务印书馆2002年版，第3页。

[3] [法] 伊夫·瓦岱著，田庆生译：《文学与现代性》，北京：北京大学出版社2001年版，第13页。

[4] [英] 安东尼·吉登斯著，田禾译：《现代性的后果》，南京：译林出版社2000年版，第34页。

［5］［美］马泰·卡林内斯库著，顾爱彬、李瑞华译：《现代性的五副面孔》"中译本序言"，北京：商务印书馆2002年版，第1页。

［6］盛宁：《人文困惑与反思——西方后现代主义思想批判》，北京：生活·读书·新知三联书店1997年版，第10页。

［7］李欧梵：《李欧梵自选集》，上海：上海教育出版社2002年版，第265页。

［8］余英时：《中国近代思想史上的激进与保守》，《知识分子立场 激进与保守之间的动荡》，长春：时代文艺出版社2002年版，第27页。

［9］汪晖：《韦伯与中国的现代性问题》，《汪晖自选集》，桂林：广西师范大学出版社1997年版，第35页。

（原载《中国现代文学研究丛刊》2007年第6期，《中国文学年鉴》2007年卷摘录）

"重返80年代" 语境下的 "重写文学史" 反思

"重返80年代"是程光炜教授与他的博士生群体近七八年来集中从事的一项文学研究工作，旨在"通过对80年代文学事件、文学期刊、文学论争、文学经典的深入清理，试图把80年代文学纳入一种更加历史化、知识化的学术生产之中"，从而在新的历史语境下对80年代文学和文化进行"重新的理解和反思"。[1] 新近出版的杨庆祥著作《"重写"的限度："重写文学史"的想象和实践》①（以下简称《"重写"》）正是"重返80年代"学术研究中的一个重要成果，该著以"重写文学史"这一在20世纪80年代产生了广泛而深远影响的学术思潮和文化事件为研究对象，细致梳理了"重写文学史"的来龙去脉，深入剖析了这一思潮的前因后果，为我们重新理解20世纪80年代文学提供了新颖的观察视角和有益的学术启示。自然，杨庆祥的反思不可能穷尽"重写文学史"事件中携带的所有问题，也可能存在某些盲点和误区，显示出难以避免的有限性，这也呼唤我们在此基础上进一步"反思"，继续深化。在这个意义上，笔者理解到，所谓"重返80年代"，将会是一代又一代学人以80年代文学和文化为"历史研究范围"（程光炜语），持续不断地回访和重塑20世纪80年代的学术活动。

---

① 杨庆祥：《"重写"的限度："重写文学史"的想象和实践》，北京：北京大学出版社2011年版。下面引自该著的文字只随行标出页码，不再另行作注。

"论从史出"与历史还原

程光炜指出:"所谓文学史研究,实际是对历史文献的仔细整理和研究,是那种'论从史出',而非'史从论出'的工作方式。"[2]毫无疑问,《"重写"》是较为符合程光炜强调的这种文学史研究的学术标准的,该著选择"论从史出"的研究方法并将其一以贯之,既为论述的展开铺垫出坚实的历史基础,又使得最后的学术结论显得自然妥帖、水到渠成。

虽然《"重写"》始终坚持着"论从史出"的原则,但杨庆祥处理历史材料的方法和角度不是一成不变而是多种多样的,这首先体现在叙事笔法的使用上。为了将研究的地基建立在可靠的历史现场上,杨庆祥的学术论证往往会从史料呈现开始,让读者顺着史料的脉络进入历史语境之中,叙事笔法在展示具体史料上起到了有力的表达作用。论著的"绪论"开笔即言:"让我们从一个文化事件谈起。2000 年,《收获》第 2 期'走进鲁迅'专栏刊发了三篇文章,分别是冯骥才的《鲁迅的功与过》、王朔的《我看鲁迅》、林语堂写于 1937 年的旧文《悼鲁迅》。"(第 1 页)选取 21 世纪初一个典型的文学批评案例为切入点,用简洁的叙事笔法加以陈述,从而轻巧而准确地触及了文学史的"重写"话题。这样的叙事笔法在这部论著中比比皆是,第一章开头:"1979 年,由唐弢主编的《中国现代文学史》第一卷和第二卷相继出版发行,随后在 1980 年,由唐弢和严家炎主编的第三卷亦出版。"(第 16 页)第一章第三节起句:"1980 年 1 月 15 日,作家姚雪垠给茅盾写了一封信,信中提及茅盾在此前不久召开的'第四次文代会'上发言中提到的一个问题,即应该重视'南社'诗人柳亚子的旧体诗。"(第 44 页)第二章第一节首段:"1988 年,有学者这样回忆 1985 年'20 世纪中国文学'提出时候的情景。"(第 52 页)第三章第一节这样起头:"在 90 年代的一篇文章中,陈思和详细回顾了 1988 年上海'重写文学史'的发生史。"（第96页）这些叙事文字在各章节开头的屡屡出现，有效避免了那种观点先行、史从论出的阐释模式所具有的以理论强势伤害甚至宰割文献材料的研究弊端，使理论阐发显得更有学理厚度和历史可信性。

上述所举例子还只是涉及各章节开头时的行文，该著在论述展开的过程之中，叙事笔法的使用更是频繁，为了让与问题相关的各种史料充分出场，《"重写"》"甚至有在某些部分大量铺排这些资料的嫌疑"[3]。不过，杨庆祥这样处理的意图在于，尽量不强行介入材料之中，而是努力做到用事实说话，让史料凸现观念，以史料的缀接来推动观点不断前移。例如，第三章第二节的标题为"'新潮批评''文学圈子'与'重写意识'"，其间引用了吴亮、陈思和、王晓明、蔡翔等人的一些论述和追忆材料，而叙事笔法则确保了这些史料的从容出场。论及"文学圈子"时，论著曰："最早讨论文学'圈子'这一现象的可能是吴亮，在1986年左右的《文学与圈子》一文中，他对'圈子'的出现、形成和功能进行了一种社会学的大致描述。"（第109页）在后文中，论著又以"为此，让我从陈思和的一段话开始分析"（第117页）一语引出当时像陈思和这样的学者对文学圈子普遍认同的相关史料，紧接着以"这次会议确实如陈思和所言，有很多新鲜的想法，并一直为很多批评家津津乐道"（第118页）的叙述语来引出蔡翔《有关"杭州会议"前后》的旁证史料。不难看出，论著中所引史料是相当充实和丰富的。借助这些丰富史料的陈列，杨庆祥有力证实了新潮批评实践、文学圈子组织与上海"重写文学史"事件之间的内在联系。

另外，在援引史料的过程中，《"重写"》始终注意尊重并挖掘史料中潜隐的"当事人意识"，在阐述中尽可能逼真地呈现这些"当事人意识"，以便最大限度地贴近现场、还原历史。比如第二章第一节的第一部分论述了80年代初期中国大陆现代文学研究界"对海外文学史的批评和'五四'文学革命权的争论"，《"重写"》大段引用了王瑶《关于中国现代文学研究工作的随想》和唐弢《中国现代文学史的编写问题》两篇论文中的文字，两处引用加起来有两千余字，而随后对这两个史料的阐释则只有500字左右。从阅读论著中对王瑶、唐弢的论文的大段援引文字中，我们不难发现这两位文学史家在当时对海外现代文学史中有意拔高沈从文、戴望舒、钱钟书等人的文学地位和艺术成就所表现出的不满情绪，这种情绪其实就是以王瑶、唐弢为代表的老一辈现代文学史家作为当事人而具有的一种历史意识。《"重写"》之所以在这里重引用轻阐释，让史料尽可能多地出场，有意识地淡化阐释者的观点，不作大肆的渲染与铺叙，就是为了尊重"当事人"，以便较为鲜明地凸显"当事人意识"。在《"重写"》中，如此处理史料和阐释关系的方式是极为寻常的，这种重史料轻演绎的论述模式几乎成了《"重写"》基本的话语策略。更为可贵的是，为了立体而全面地呈现"当事人意识"，《"重写"》常常以"当事人"为言说中心，从 80 年代的文化氛围和历史语境出发，对"当事人"的学术身份、文学史观、历史陈述以及事后的追忆等进行了极为详尽的描述，给人以可感可触的历史真实感，从而能极为深入地领会"重写文学史"内在的精神脉搏和思想纹路。

在《"重写"》的"绪论"部分，杨庆祥对学术界有关 80 年代"重写文学史"思潮的研究现状进行了初步的梳理，并对各个研究成果的合理性与局限性进行了精要剖析。例如，针对贺桂梅等具有"后发的知识优势和理论穿透力"的学者有关"重写文学史"的研究著述，杨庆祥一方面肯定了其整体性研究的有效性；另一方面又指出，"历史展开具有更多的故事性和戏剧性"，因此，"与其预设某种一一对应关系，不如去处理它们之间对话的框架、媒介和理论渊薮，并由此窥视因为参与主体、发生时空的不同而导致的差异和分歧"。（第 12 页）由此我们看到，《"重写"》采取"论从史出"的研究方法，从根本上说是基于对当代文学研究的某种深度反思的结果。因此，这种"论从史出"不只是具有方法论的意义，更体现为一种学术思维的调整，体现为对当代文学态度的转变，是"当代文学历史化"（程光炜语）学术理想的具体实践。

北京、上海与"重写文学史"发生的文化空间

《"重写"》的章节构造并不复杂，其主体部分是以北京、上海为学术场域，将与"重写文学史"有关的人和事纳入观照视野之中加以考量和分析，用详尽的史料和精粹的阐述来展示"重写文学史"事件的来龙去脉、外延内涵，正如程光炜所指出的那样："杨庆祥通过'两个城'（北京、上海）之间的时空转换，通过对北京和上海两个学术群体历史动机、认识装置以及研究者身份的重新认知，已经对多年前的那场思潮做了重新布局。"[4]

《"重写"》选择北京和上海这两座城市作为反思"重写文学史"的历史场域，通过重新梳理和读解北京与上海两地的学术队伍在"重写文学史"中扮演的历史角色、拟定的工作目标以及"重写文学史"事件产生的社会影响、具有的学术意义，从而"对多年前的那场思潮做了重新布局"，这是较为合理和有效的论述策略与理论设置，有着提纲挈领的阐释作用。首先，因为北京和上海是"重写文学史"文化事件的策源地，80年代的"重写文学史"思潮正是从这两个文化空间最初滋生出来，然后逐渐向别的城市扩散和蔓延开的。聚焦北京、上海两个地带，分析这两座城市在80年代前后的思想氛围、文化征候、学术活动、学者队伍与师承关系以及"参与主体的知识构成、行为实践和美学旨趣"（第13页）等，既可以便捷而有效地彰显"重写文学史"思潮产生的学术渊源与历史背景，也便于准确地厘清"重写文学史"思潮牵涉的各种对象、隐伏的各种关系。其次，北京、上海作为中国的政治、经济与文化中心，无论过去还是现在都有其他城市难以具备的地缘优势和思想文化特权，这种地缘优势和思想文化特权，无疑为"重写文学史"思潮在此诞生准备了得天独厚的条件，同时也为这一思潮能迅速扩散到整个中国学界提供了知识合法化的有力保障。最后，也是最重要的一点，作为"重写文

学史"思潮的两个重要构架，"20世纪中国文学"概念的提出与
"重写文学史"专栏的开设以及相关学术实践的展开，分别由北
京和上海两地的学者来完成，选择这两座城市作为反思"重写文
学史"的历史场域，无疑抓到了这一文学思潮和文化事件的要害
部位，立足对这两座城市在80年代历史语境中思想学术状况的
学理考察和文化分析，"重写文学史"思潮所蕴藏和涵盖的诸多
问题都将迎刃而解，通过反思"重写文学史"进而重新理解80
年代的文化理想和学术任务也能顺利实现。

　　在具体阐释北京、上海双城的文化空间特征与"重写文学
史"思潮繁衍、创生、发展的关系时，《"重写"》选择的阐释路
线是不太一致的。论述作为文化空间的北京在80年代从事现代
文学史研究的具体情况时，杨庆祥注意以王瑶、唐弢等老一辈现
代文学史家的学术工作为叙述起点，同时征引大量史料来说明80
年代初期以北京为中心的一大批学者关于现代文学性质、内涵的
争论，在此基础上，才转而阐释北京学者钱理群、陈平原、黄子
平等提出的"20世纪中国文学"观念及其在"重写文学史"思
潮中的意义和作用。这样的论述是从历时性的层面追溯了"20世
纪中国文学"的由来，通过描述80年代"重写文学史"思潮的
"前史"，赋予"20世纪中国文学"观念的生成以深层的历史维
度。对于上海这一文化空间中"重写文学史"思潮的涌现，杨庆
祥则从共时性角度分析，既阐释了上海学者的身份意识、上海的
文化氛围、城市的文化性格、商业和市民文化传统等对"重写文
学史"的催生效果，又分析了80年代在上海滩方兴未艾的"新
潮批评"、上海文人构成的文学圈子等对"重写文学史"思潮的
推助作用。虽然作为不同的文化空间，北京和上海分居两地，但
在80年代的历史语境下，它们又共同分享了改革开放的精神硕
果，像北京学者提出"20世纪中国文学"构想时"获得各种力
量的支持：前辈学人的指点和支持，大牌杂志的鼎力相助，青年
同仁之间的互通声气、相互合作"（第79页）那样，上海学者在
推出"重写文学史"专栏时不也获得了来自各个方面的支持和响

应吗？因此，从开放的文化空间、崇尚自由和创新的 80 年代语境等层面来重审"重写文学史"的历史脉络，杨庆祥的下述结论是基本正确的："如果跳出学科史的角度，80 年代的'重写文学史'思潮可能不仅仅是一个在时间上构成的线性递进的进程，而是一个可能在不同的空间里面都开始酝酿发生的'历史思潮'，它一方面是 80 年代社会思潮在文学研究领域的反馈，另外一方面也是一批文学知识分子借助这一形式来表达对现实社会的介入和建设。具体一点来说就是，北京和上海同属于'重写'发生的空间，虽然在时间上有先后（1985 年和 1988 年），但是，这种时间上的先后并不构成一个严格的因果逻辑，并没有一个谁是因、谁是果的线性进化的顺序，而是可能平行构成'重写文学史'发生的起源。"（第 101 页）这段阐释精彩地揭示了"重写文学史"思潮与 80 年代思想文化脉动之间的隐秘关系，从较为新颖的角度揭示了"重写文学史"思潮的学术史、思想史和文化史意义。

必要的反思与反思的限度

"重写文学史"思潮已经是过去 20 多年前的故事了，20 多年后再来回眸这段历史，必定会发现当年人们难以洞察到的某些玄秘，这为杨庆祥的研究工作提供了某种学术可能。为了最为充分地审视"重写文学史"思潮的生成根源、理论内核、现实影响和历史功过，《"重写"》设置了双重反思的思维框架，具体体现为：一方面，在对 80 年代文学史料进行梳理的过程中，杨庆祥对不少史料所凸显的问题进行了及时的清理、剖解与辨析；另一方面，在对相关史料进行较为全面的梳理之后，杨庆祥又站在文学史和文艺美学的高度进行再度审视与深层次反思。这种双重反思逻辑结构的设置，便于论者从微观和宏观的不同层面来全方位反思"重写文学史"思潮，具有一定的阐释有效性。通过反思"重写文学史"，杨庆祥发现了由于同是受惠于 80 年代改革开放的文化语境，因此同属"重写"发生空间的北京和上海尽管在时间上有先后之别，但并不存在前后的因果逻辑，而是都可能构成"重写文学史"发生的起源；发现了"重写文学史"思潮中包含的"审美原则"，以及由于对"审美"的偏执理解而可能导致的文学史重写的"作品中心主义"倾向；发现了文学史叙事体式背后所隐藏的"主体利益诉求和意识形态焦虑"（第 121 页）；更意识到，"没有对'当代文学'进行'重写'的'重写文学史'思潮将是不'完整'的，而反过来，正是在对'当代文学'以及当代历史的'态度'中，最能见出'重写文学史'思潮的意识形态属性"（第 143 页）。这些通过反思而结成的思想果实都是相当重要和珍贵的，对于我们重新认识 80 年代的"重写文学史"思潮来说富有不可多得的参考价值和指导作用。

不过，历史对象总是具有两面性，它既是一种需要发现新信息的研究目标，也是一种等待确认的成品。因此，对历史对象的考察，必然存在着既需认同又需重审的思维悖论，对于"80 年代文学"的认知也是这样。在反思"重写文学史"思潮的过程中，作为认识装置的"重写"范式，也许会不由自主地将论者的头脑武装起来，使他无法跳脱出原有的"重写"思维框架，从而拿出新的"重写文学史"方案来，这种情形一定程度上也制约了杨庆祥对"重写文学史"的反思力度。与此同时，由于受 80 年代文学与学术的"共识"和"成规"的制约，《"重写"》在整体主义思想的指引下，将"重写文学史"事件中"当事人"的美学旨趣和价值取向看作是大体一致的，相对忽视了对各个个体之间的差异性乃至矛盾性的甄别，也就无法果断作结：90 年代以来新一轮的"文学史重写"其实在 80 年代"重写文学史"思潮中早已孕育着。

布罗代尔说过："研究工作是从社会现实到模式、再回到社会现实的无穷过程，是由一系列的调整和耐心地重新开始的旅程组成的。"[5]这意味着，杨庆祥的《"重写"》只是反思"重写文学史"思潮的一个开始，学界对于"重写文学史"思潮的反思，将是一次没有终结的思想旅程。

注释：

［1］杨庆祥：《如何理解"1980 年代文学"》，《文艺争鸣》2009 年第 2 期。

［2］程光炜：《在今天语境下再看"文学史重写"问题》，《"重写"的限度："重写文学史"的想象和实践》"代序"，北京：北京大学出版社 2011 年版，第 3 页。

［3］程光炜：《在今天语境下再看"文学史重写"问题》，《"重写"的限度："重写文学史"的想象和实践》"代序"，北京：北京大学出版社 2011 年版，第 3 页。

［4］程光炜：《在今天语境下再看"文学史重写"问题》，《"重写"的限度："重写文学史"的想象和实践》"代序"，北京：北京大学出版社 2011 年版，第 3 页。

［5］［法］费尔南·布罗代尔著，刘北城、周立红译：《论历史》，北京：北京大学出版社 2008 年版，第 49 页。

（原载《南方文坛》2013 年第 6 期，人大复印资料《中国现代当代文学研究》2014 年第 3 期全文转载）

"重写文学史"：一个没有终结的现代命题

20 世纪 80 年代末期，对旧有文学史观念的质询和重新书写文学史的呼唤，一度成为学术界的一大热点。作为一个极富冲击力的现代命题，"重写文学史"牵涉到对文学、历史以及文学与政治的关系等若干范畴和问题的全面清理与重新认识，也牵涉到各个学科，尤其是中国现当代文学学科在现实中的重新定位和今后的学术走向。"重写文学史"命题提出之后，极大地刺激了中国文学研究的视角更新和学术增长。从这个角度而言，"重写文学史"命题提出的积极意义是不可低估的。不过，我们必须清醒地认识到，"重写文学史"涵盖的许多命题，包括通俗文学与现代文学关系的问题、翻译文学在现代文学中的定位问题、旧体诗词在现代文学史叙述中的可能性问题等。这些问题虽然在当时的讨论中都有所涉及，却未能充分地展开，做出令人满意的回答。现在我们重提"重写文学史"的话题，再次回眸这一话题提出时的文化语境和它所反映的问题意识，并梳理在此期间的一些重要的学术创建和研究成果，目的在于借此进一步明确"重写文学史"这一现代命题没有终结性特质，以期给当下的文学研究提供某些启示。

口号的提出与问题意识

"重写文学史"口号的明确提出，是在 1988 年下半年。当时，《上海文论》开设了一个同名专栏，从 1988 年第 4 期开始，到 1989 年第 6 期结束，持续时间达一年半，先后参与讨论的学者有数十人。专栏文章涉及对赵树理、丁玲、柳青、郭小川、何其芳、郭沫若、茅盾等作家创作倾向的剖析和对其艺术成就的质疑，涉及对《管锥篇》和别林斯基、车尔尼雪夫斯基、杜勃罗留波夫美学理论等的再评价，也涉及对"左翼"文艺运动的宗派问题、现代派文学、胡风文艺思想及其由此引发的论争、姚文元的沉浮等问题的重新思考。专栏主持人之一陈思和回顾这次讨论时指出，开展讨论的目的"并不是要作文学史的翻案文章，只是为了倡导一种对文学史既定结论的怀疑风气，更进一步推动文学领域的学术研究"[1]。尽管"重写文学史"的倡议是由陈思和、王晓明连同《上海文论》杂志等首先明确提出的，但文学史重写的学术实践在此之前就已经全面展开。"文革"结束后，随着关于真理标准问题讨论的逐步深入和一大批作家的相继平反，文学研究者就已经开始对以前的文学史观念进行反思，对现代文学思潮、文学流派、作家作品进行重新评定。这些反思和评定，就是王富仁先生所说的"广义的'重写文学史'"①。也就是说，文学史重写的学术实践，并非来自对"重写文学史"倡议的一种具体落实，而是来自改革开放时代学者们的政治敏锐和学术自觉。当然，在此之前，研究者尽管已经在许多具体问题上对现代文学史进行了深刻反思，也取得了一定的学术成果，然而学术上的零打碎敲毕竟无法拼合成一幅"重写"的全貌。直到"重写文学史"作为中国现代文学研究的重要思维线索被明确后，学术界对整个文学史的彻底清理和全面反思才得以整体地拓展开来。既然口号提出之前，文学史重写的工作已经展开，那学者们为什么还要提出"重写文学史"口号？"重写文学史"观念针对的是哪一种需要被"重写"的文学史？这种需要被"重写"的文学史存在怎样的弊端？只有弄清楚这些问题，我们才能真正理解"重写文学

---

① 王富仁认为，"重写文学史"有广义和狭义之分。广义上指文学研究者从未间断的文学史研究；狭义上指文学史研究发展到一定阶段，人们从整体上或一系列重要环节上对文学史的改写。见王富仁：《关于"重写文学史"的几点感想》，《上海文论》1989 年第 6 期。

史"口号的现实意义与历史价值。

严格意义上说，以王瑶的《中国新文学史稿》为标志，中国现代文学史著作的编写是同现代文学学科的创立同步进行的，而且都是在时代的呼唤中应运而生，顺应着为新政权服务的价值诉求。尽管新中国成立之前，随着中国新文学的兴起和发展，研究新文学的著作也在不断涌现，其中包括胡适的《最近五十年中国之文学》、赵景深的《中国文学小史》、陈子展的《最近三十年中国文学史》等，但是，这些著作都把新文学史作为中国古代文学史和近代文学史叙述的一条尾巴，因此被黄修己先生命名为"'附骥式'的新文学史"。此外，还包括王哲甫的《中国新文学运动史》、朱自清的《中国新文学研究纲要》、李何林的《近二十年中国文艺思潮论》等。为什么把这些作品视为中国古代文学史和近代文学史叙述的尾巴？因为这些文学史著作一般不对中国现代文学整体概貌作全面描述，而且也没有与随着新中国诞生而产生的现代文学学科的价值定位产生关联。也就是说，这些文学史著作没有体现出对现代文学"现代"意识的明确意义指向，所以不能看作是真正意义上的中国现代文学史。如果说，解放前的文学史叙述没有明显受到学术体制的影响，还比较真实地保留着学者的学术个性的话；那么解放后，随着学术研究的体制化，学者的学术个性不由自主地受到某种压抑，正如温儒敏先生所说："进入20世纪50年代，随着现代文学学科的建立，最突出的变化，是研究者职业化了，学术生产'体制化'了，文学史思维受教学需求和政治的制约也多了，个人的研究不同程度都会接受意识形态主流声音的询唤，研究中的'我'就自觉不自觉地被'我们'所代替。"[2]正因为中国现代文学的学科创设基于一种特定的政治环境，中国现代文学史著作的书写又服从于明确的政治任务，所以这个学科的合法性依据和与之配套的教科书的价值取向都存在先天不足。这种不足主要体现为，过于强调文学与政治的密切关系，过于强调现代文学是现代革命的一个组成部分，从而在一定程度上遮蔽了中国现代文学文学性的一面。现代文学史的书写，就是在这样尴尬的情形下展开的："王瑶和他同时代的许多学者大概都意识到文学史回应现实的'话语权力'问题，在考虑如何将文学史知识筛选、整合与经典化，相对固定下来，使之成为既能论证革命意识形态的历史合法性，又有利于化育年青一代的精神资源；当然也就会考虑到这个领域的研究与当时'学术生产机制'的关系，不可能像古典文学及其他相关学科那样远离现实。这样的文学史研究，特别是教科书的撰写，就不能不在学术的个性张扬与社会及政治的要求之间找一些平衡。"[3] 这里描述的就是当时中国现代文学史书写的历史情形，在这种历史情形下书写的文学史著作自然就呈现了一种特殊的面貌。

分析王瑶先生《中国新文学史稿》的基本思路，可大致弄清当时文学史所取用的价值逻辑。该著作以毛泽东《新民主主义论》中关于文化革命问题的论述作为指导思想。依据毛泽东的文化革命理论，《中国新文学史稿》肯定了中国的新文学是从五四开始，其基本性质是新民主主义的文学，指导思想是无产阶级思想，也就是马克思列宁主义。对新文学发展阶段的划分，也依照《新民主主义论》中关于文化革命时期的论述，分为四个阶段，即1919—1927年、1925—1937年、1937—1942年、1942—1949年。其中后两个阶段的划分以1942年延安文艺座谈会为标界。很显然，这种分期意在说明新文学和新民主主义革命的发展具有同步性的关系。如果说王瑶写这部文学史著作时还能在文学与政治的缝隙中，尽可能地探询文学自身发展的历史规律、追求学术研究个性的话，那么，随着王瑶在50年代中期被批判，其后产生的现代文学著述则进一步强化了文学与政治的关系——文学史逐步变成革命史的一部分，从而失却了自身价值和意义的独立性。"文化大革命"开始后，在非常态的政治语境下写出的现代文学史作品，使得整个现代文学变得面目全非。

改革开放带来了政治环境的宽松，也给文学史的书写提供了获得文学独立地位的良好契机。一大批现代作家相继得到平反后，他们的文学史地位也得到重新确认和恢复。一时间，对现代作家重评和现代文学作品重读的理论文章大量涌现，现代文学研究呈现极为活跃的发展态势。不过，尽管已经显示出对旧有文学史观念的反思和重估的迹象，但从整体上说，现代文学研究并没有完全突破文学与政治合盟的历史框架，对现代文学自身审美独立性的重新塑造并没有得到真正落实。有鉴于此，陈思和先生指出，要彻底改变文学为政治服务的思维定式，文学史只有全面地"重写"，"只有把一切研究都推到学术起跑线上，才能够对以前成果作一番认真清理"[4]。也就是说，"重写文学史"的学术追求，其矛头指向的是此前对文学史的政治化书写倾向，要颠覆的是忽视文学自身的审美独立性、将现代文学史纳入现代革命史的话语范畴的文学史观念和相关的文学史著作。从这一思路出发，陈思和先生认为，"'重写文学史'首先要解决的，不是要在现有的现代文学史著作行列里再多出几种新的文学史，也不是在现有的文学史基础上再加几个作家的专论，而是要改变这门学科的原有性质，使之从从属于整个革命史传统教育的状态下摆脱出来，成为一门独立的、审美的文学史学科"[5]。可见，"重写文学史"口号的提出，旨在强调一种观念的变更，强调对现代文学学科的重新定位。具体地说，"重写文学史"的价值追求，主要表现为：文学研究必须对已有的文学史观念进行整体突破，必须大胆解除文学对政治的过重承诺，解除文学与政治之间的强制性合约，恢复文学自身的独立性，让现代文学自身具有的被政治遮蔽已久的审美特征散发出迷人的光彩。文学研究的主导性思维发生的极大转向，体现为这样的学术理解，即文学研究的"主体"应该是文学所拥有的艺术素质，"因为中国现代文学除了有那个政治性的侧面外，还有它作为艺术的本身的侧面，而且在我看来，这个作为艺术的本身的侧面应该是中国现代文学研究的主体部分"[6]。

与此同时，我们还应该认识到，"重写文学史"的呼声里，也包含恢复研究者的学术个性、强调学术研究的多元化等学术主张。"重写文学史"口号提出后，之所以引起强烈反响，就在于它反映了学者们要求进一步解放思想、重新获得学术研究自主性的心声。从文学史研究的角度来说，"这个命题说出了学术界对原有的以定于一尊面目出现的教科书式的文学史的不满足"[7]。过去以教科书形态存在的文学史，体现着一种思想文化的话语霸权、意识形态的统一性要求，使几乎所有的文学史形成一个腔调，从而压制了学术研究中的不同声音。有感于文学史书写的这种不良倾向，陈思和先生说："'重写文学史'的提出，就是要求改变这种教科书的大一统局面，希望恢复文学史研究应有的科学态度，以自由的个性的多元的学术研究来取代仅止一种的单调声音，就如马克思当年面对普鲁士当局的书报检查令而呼吁的，要求每一滴露水在太阳的照耀下闪耀出无穷无尽的色彩。"[8]从这段话中我们明确地认识到，"重写文学史"的呼声，一开始就隐含着张扬学术个性、提倡思想多元化的学术指标。

鲁迅研究的突破：文学史重写的最显著实绩

鲁迅是中国现代杰出的思想家和文学家，他在中国现代文学史上的独特地位直接决定了鲁迅研究在中国现代文学研究的重要性。新时期思想解放以来，鲁迅研究取得了异常丰硕的成果，在许多方面有了历史性的突破，这也是新时期文学史重写的最显著实绩。新时期文学史重写的学术实践中，鲁迅研究所遇到的问题一开始就与对其他作家的"重写"有着极大差异。如果说，其他许多作家因在"文革"中相继被打倒而纷纷失却了自己的文学史地位，对这些作家的"重写"主要在于重新发现和确立他们在文学史上的地位的话，那么，因为某种特殊的政治和历史原因，鲁迅在文学史中的地位却是未曾动摇过的，对鲁迅的"重写"则要求是思维方式的全面更新。回顾历史我们不难发现，在1949—1976年这四分之一世纪的时段里，鲁迅的文学史地位甚至比此前和此后都要高，权威性也比此前和此后都要大。只不过这种极高的文学史地位和极大的权威性的获得，是以牺牲其思想的丰富性、深刻性和复杂性，以及其文学世界的独立性价值和意义为代价的。新中国成立后的很长一段时间内，强调鲁迅作品的政治革命意义，已经成为人们观照鲁迅的一个固定思维模式，这种思维定式甚至影响到了"文革"结束后的鲁迅研究，阻碍了鲁迅研究向更深层次的推进。针对这种情况，王富仁大胆提出，研究鲁迅应"首先回到鲁迅那里去"。这个口号，表达的是对鲁迅研究中存在的那种政治主导、结论先定的学术倾向的质疑和否定，正如汪晖所说："王富仁在其博士论文中提出的'首先回到鲁迅那里去'的口号，它的革命意义就在于他力图否定鲁迅研究的先定的政治意识形态前提，王富仁第一次明确地指出：以毛泽东对中国社会各阶级政治态度的分析为纲，以对《呐喊》《彷徨》客观政治意义的阐释为主体的粗具脉络的研究系统，是一个变了形的思想图示。"[9]对以往鲁迅研究中一种固定的阐释系统的反思和批判，体现的正是一种"重写文学史"的思想意识。通过重读鲁迅，王富仁对鲁迅文学世界的文化意义作了新的阐释。他认为，与其说鲁迅小说是中国政治革命的一面旗帜，不如说它是中国思想革命的一面镜子。王富仁试图颠覆的，正是那种以政治革命的眼光来看待鲁迅艺术世界的庸俗社会学视角，他主张对鲁迅小说的评价应以"思想革命"的定位来取代"政治革命"的定位。他说："《呐喊》和《彷徨》思想意义和艺术价值的凝聚点何在呢？这座雄伟艺术建筑的正面立体图像呈现出来的整体面貌是怎样的呢？我认为，它们首先是当时中国'沉默的国民魂灵'及鲁迅探索改造这种魂灵的方法和途径的艺术记录。假若说它们是中国革命的镜子的话，它们首先是中国思想革命的一面镜子。""但应当说，在鲁迅写作《呐喊》和《彷徨》的整个期间，他的几乎全部的政治热情是倾注在中国思想革命的理论和实践之中的。所以，他的《呐喊》和《彷徨》，并不是直接从中国政治革命的角度，不是直接从夺取政权和巩固政权的政治实践的角度，而是从中国思想革命的角度来反映现实、描绘生活的。""鲁迅所试图证明的是：中国需要一次深刻的、广泛的思想革命，政治革命若不伴随着深刻的思想革命，必将与辛亥革命一样半途流产。"[10]王富仁围绕鲁迅小说的"反封建"主题，通过对《呐喊》和《彷徨》的本体意义、意识本质、创作方法、艺术特征的具体分析，用"思想"的镜子重新照亮了鲁迅作品中的文化启蒙内涵。王富仁不仅重新发掘了鲁迅小说的思想启蒙内涵，而且重新凸现了鲁迅文学世界所拥有的个性魅力以及独立的意义和价值。他认为，事物的意义在于它个性的意义，而它的这种个性又是通过与其他事物的广泛联系而体现出来的，研究鲁迅也应当注重发现鲁迅独特的个性和独立的精神价值。但是，以往的研究系统"主要不是从《呐喊》和《彷徨》的独特个性出发，不是从研究这个个性与其他事物的多方面的本质联系中探求它的思想意义，而是以另外一个具有普遍性也具有特殊性的独立思想体系去规范和评定这个独立的个性"[11]。这样，就无从准确地发现鲁迅文学世界的独特艺术魅力和独特思想价值。基于这种认识，王富仁把研究目标锁定在对鲁迅独立的思想及艺术个性的探究上，充分体现了发掘鲁迅作品的独立价值和意义这一学术追求。而这学术追求中体现出的对鲁迅启蒙思想的重新认定和对鲁迅作品思想艺术价值的独特个性与独特精神价值的发现这两点，不仅使我们对鲁迅在中国现代文化中的珍贵价值有了更准确的认识，也使我们重新认识到五四新文化运动的思想启蒙主题，重新懂得了对作家个性的深入开掘在文学研究中的重要性。

被王富仁称为"人生哲学派"代表的汪晖，通过对新时期鲁迅研究的现状评估和历史批判发现，即使在具有较大学术突破的王富仁著作里，仍然存在明显的不足，主要表现为两个方面：第一，仍然承续了一系列未加证明即作为前提使用的命题、概念和价值判断；第二，决定论的思维模式和由这种决定论方法建立起来的完整体系带有局限性。为了突破这些局限，汪晖把鲁迅重新置放于中外思想史的背景中，通过对鲁迅主观精神结构矛盾性的深入剖析，进而解开鲁迅伟大思想和伟大灵魂中深藏的奥秘。汪晖第一次使用"历史的中间物"的思想意识作为鲁迅的核心意象。他说："在我看来，'中间物'这个概念标示的不仅仅是鲁迅个人的客观的历史地位，而且是一种深刻的自我意识，一种把握世界的具体感受世界观。'中间物'意识的确立是以承认自身的矛盾性、悖论性和过渡性为前提的，它迫使鲁迅摆脱一切幻觉，回到自身的真实的历史性中去。当鲁迅以这样一种独特而复杂的意识眼光打量这个世界时，他的艺术世界的精神特征、情感方式、风格特点以至语言……都表现了一种复杂的、矛盾的特点，而这一切又无不联系着创作主体复杂的主观精神结构。"[12] 以汪晖为代表的人生哲学派的鲁迅研究，其最大的学术贡献就是从人生哲学的角度充分阐明了鲁迅独特的精神个体性特征，又深刻揭示了鲁迅与中国文化的内在关系。正如王富仁评价的："人生哲学派不但较之任何一个曾经存在过的鲁迅研究学派都更能说明鲁迅精神结构和中国文化的现代发展特征的关系，而且也较之任何一个学派都更加深刻地揭示了鲁迅的独特情绪体验的内在依据。"对于鲁迅心灵中呈现的矛盾纠葛和思想苦闷，人生哲学派作了自鲁迅研究开始以来最为深刻、最令人信服的读解，"只有人生哲学派才使我们感到鲁迅的这种无法摆脱的苦闷不仅是他个人的苦闷，也是中国现代文化的整体的苦闷"。[13] 同时，从现代文学研究的普泛意义来说，汪晖的研究是整体性地使用西方近现代哲学与文论观念研究中国现代文学的成功尝试，这为此后的现当代文学研究开辟了一条新的道路。不管是王富仁还是汪晖，都曾表明对鲁迅的研究还有"不成熟"和"欠深入"的缺憾，这种陈述除了学者的自谦之外，也是实情的一种坦白。的确，"鲁迅研究没有走到尽头，在中国的鲁迅研究面前还有漫长的道路"[14]，这从一个重要的侧面反映了文学史重写的永无终结性。

"京派"与"海派"：两种新的文学史观

在"重写文学史"口号提出前，中国现当代文学研究已经出现了两个引人注目的新的文学史观：一个是北京学者黄子平、陈平原和钱理群等人提出的"20世纪中国文学观"，笔者把它称为

"京派";另一个是上海学者陈思和提出的"新文学整体观",笔者把它称为"海派"。这两个新的文学史观,体现的是新时期"重写文学史"的整体新构想,因而在"重写文学史"成为普遍性历史要求的特殊语境下显得颇有意义。今天,我们回溯这两种观念,不仅要弄清它们与当时"重写文学史"的历史要求之间存在怎样的内在逻辑联系,从而推动了文学史重写学术实践的飞速发展;同时也要考察它们对当时中国现当代文学研究的哪些思想误区进行了纠偏,还存在哪些认识上的局限,需要我们在重新审视"重写文学史"的现代性意义时作更进一步的思考。"京派"与"海派"这两种新的文学史观,尽管来自不同的区域,但思考问题的角度、方向以及大致观点都有许多惊人相似的地方,其中主要包括主张打破原有的限于现当代的文学史阶段划分而从整体上对它们加以考察、从"世界文学"的角度重新认识中国20世纪文学、重审中国20世纪文学的启蒙主题、重新思考中国20世纪文学与传统和民族性的关系等。不过,大体相同的思维框架并不等于它们的学术思想是完全一致的,从二者对每个问题的思考和阐述中,我们仍可以看出它们的许多具体观念还存在着差异,这种差异也使它们的理论之间构成了相互补充、相互照应的关系。

第一,在打破现代与当代的文学史分化格局,将二者统一为一个有机整体的学术目标上,北京学者和上海学者的思路是一致的。只不过,彼此理论的出发点不同。北京学者认为,"20世纪中国文学"命题的提出,"并不单是为了把目前存在的'近代文学''现代文学'和'当代文学'这样的研究格局加以打通,也不只是研究领域的扩大,而是把20世纪中国文学作为一个不可分割的有机整体来把握"[15]。20世纪中国文学的有机整体性到底有着怎样的内涵呢?我们不妨看看北京学者对"20世纪中国文学"的定义:所谓"20世纪中国文学",就是由20世纪末21世纪初开始的至今仍在继续的一个文学进程,一个由古代中国文学向现代中国文学转变、过渡并最终完成的进程,一个中国文学走向并汇入"世界文学"总体格局的进程，一个在东西方文化的大撞击、大交流中从文学方面（与政治、道德等诸多方面一道）形成现代民族意识（包括审美意识）的进程，一个通过语言的艺术折射并表现古老的中华民族及其灵魂在新旧嬗替的大时代中获得新生并崛起的进程。[16]这段话的关键词是"进程"，"进程"一词主要强调的是文学形态发展的阶段性和未完成性，强调的是20世纪中国文学的历史性特征。就是说，他们提出的"20世纪中国文学"的命题，主要立足于历史学的角度，因此在思考这一阶段的文学特征时，不仅不回避文学发展与社会政治密切关系的问题，而且还认为正是与政治的紧密牵连，才构成了许多根本问题的一致性。钱理群说，在20世纪中国，"文学的兴奋点一直是政治。这就显示出一个时代的完整性，也就是说，对20世纪整个中国文学的发展来说，许多根本的规定性是一致的"[17]。如果说，北京学者观点的确立出自于一种强烈的历史意识的话，那么与之相比，陈思和的"整体观"表现出的更是一种明确的文学意识。他强调了新文学的"新"字，并说："'中国新文学'的概念与20世纪中国文学是不一样的，新文学研究应该属于整个20世纪文学研究的一部分，但它具有比较鲜明的个性。"[18]陈思和所谓的"整体"观念并不就是时间意义上的"整体"，而是文学意义上的"整体"；并不是指整个20世纪的文学事实，而是强调其中表现出独特审美趣味的"新文学"这一特定对象。正是站在"新文学"之"新"的着眼点上，陈思和看到了现代文学与当代文学之间的内在联系，因此认为把两个时期的文学放在一个整体下考察，"它的意义明显大于对两个时期的分别研究"[19]；一旦对"新文学"加以整体考察，过去文学史的许多结论都可以拿出来重新商榷。他说："沟通中国现当代文学两个领域本身并非目的，而是试图用一种新的研究视角来重新认识文学史的某些结论，换句话说，是为了引起对原来的教科书式的文学史定论的怀疑。"[20]可见，从陈思和的"整体观"出发，在质疑许多文学史的论断的基础上，是很容易引导出"重写文学史"的学术要求来的。

第二，把中国现当代文学放在"世界文学"的背景下重新评估和考量，是"京派"与"海派"共同的研究策略。不过，在看待中国文学与"世界文学"的关系问题上，二者的着眼点是不同的。尽管北京学者也意识到 20 世纪中国文学的世界性意义，但他们没有从固有的思维模式中摆脱出来，这种思维模式强调对中国文学与外国文学关系的清理，认为中国现代文学是西方文化冲击下的产物，是中国人有意识向西方学习、"别求新声于异邦"的结果。从这种思维模式出发来研究中国文学与世界文学的关系，很有可能滑入"影响研究"的学术陷阱。陈思和有意识地另辟蹊径，以探究"中国新文学中的世界性因素"为理论向导，尽可能摆脱"影响研究"的思维圈套。所谓"中国新文学中的世界性因素"，陈思和的解释是："20 世纪文学区别于古典文学的主要标志之一，就是具有世界性的特征。这不但意味着从 20 世纪起中国新文学与外国文学发生'关系'，更确切地说，它在发展过程中开始包含了世界的因素，同时也被纳入了世界的格局。"[21]可见，他强调的是中国新文学在 20 世纪显示出的与中国古典文学不同的精神特质，"世界性因素"并不只是中国文学与外部世界的"关系"范畴，"而是中国新文学本体的一个不可或缺的有机部分"[22]。

尽管"京派"和"海派"在一些具体的学术见解上存在很多分歧，但他们"重写文学史"的目标是一致的。两种文学史观的提出和阐释，以及由此引发的各种争论，都为 80 年代末期"重写文学史"口号的正式提出和随之而来的热烈、深入的讨论，作了极为坚实的理论铺垫。对"重写文学史"观点广泛而深入的探讨，又进一步促进"京派"和"海派"对各自理论的反思和完善。当然，我们必须认识到，不管是"20 世纪中国文学观"还是"新文学整体观"，都包含许多谈之不深甚至未曾涉及但又异常重要、不容忽视的话题，其中包括"如何从中国文学、学术自身的发展，特别是晚清、民国（还有朋友上溯到明代）以来文学、学术的发展，来揭示五四文学变革、现代文学的诞生的内在理路（论）与线索；如何将现代文学置于与现代国家、政党政治、现代出版（现代文学市场）、现代教育、现代学术……的广泛联系中，来理解文学的现代性问题；如何从更广阔的视野来考察中国现代文学与世界文学的关系——不仅是英美文学的影响，同时要关注英美之外的西方国家、俄国和东方国家文学的影响；在中外文学关系的研究中如何认识与处理'接受外来文化的影响，实现中国文学（文化）的现代化的过程，同时又是反抗殖民主义的侵略与控制，争取民族独立与统一的过程'这两者的关系；如何认识与处理 20 世纪文学发展的总格局中，新、旧文学的关系，雅、俗文学及其关系，新文学内部的不同组成部分，自由主义、革命文学及其关系；如何认识与处理中国现代化进程中城市与乡村、沿海与内地之间发展的不平衡，及其在文学上的反映，由此形成的海派文学与京派文学的对峙与互渗；如何评价与反思现代化后果的文学作品及其作家，等等"[23]。可以说，对这些问题的思考与解答将是当下和未来中国现当代文学研究中的重要课题。随着对这些问题的深入思考和完满回答，文学史重写还将迎来更崭新的局面。

结语："重写文学史"的无终结性

谈到文学史的功能和学科性质，王瑶先生曾经指出："文学史既是一门文艺科学，也是一门历史科学，它是以文学领域的历史发展为对象的学科。因此一部文学史既要体现作为反映人民生活的文学的特点，也要体现作为历史科学，即作为发展过程来考察的学科的特点。"[24]这段话实际上包含两个方面的含义：第一，文学史是"文学"史；第二，文学史是文学"史"。也就是说，文学史写作同时涉及如何理解文学与如何理解历史两个方面的问题，涉及对文学的阐释观念和看待文学史进程的历史观念两个思维向度，这两个思维向度共同决定了"重写文学史"的无终结性特征。首先，从文学阐释的角度而言，不同文学观念的产生，对文学现象和作家作品不同理解的出现，都可能引起文学史书写内在结构的调整和变动。从新中国成立后中国现代文学史书写的实际来看，其经历了从社会政治角度来审视现代文学到从文学审美角度来审视现代文学的演变过程。新时期以后，文学观念的调整直接导致了"京派"与"海派"两种新的文学史观的出现，也引发了"重写文学史"命题的提出和讨论，并且催生了孔范今、黄修己等人分别主持编纂的以"20世纪中国文学史"命名的几部新的文学史著作。虽然20世纪的客观文学史实已经定型、不可更改，但随着观照文学的视角、方法和观念的发展变化，对20世纪文学做出的论释将不断变更，正如黄修己先生所说："历史事实是凝固的，对它的描述是有止境的，而对它的阐释却是无止境的。"[25]这就说明，只要人类社会还存在，文学史叙述的可能性还存在，"重写文学史"的历史任务就将永远持续下去，不会有结束的那一天。其次，站在历史的视点上，我们不难看到，文学史的面貌总会随着时代的不断发展和历史的向前挪移而呈现不同的特点。这是因为，文学史并不就是过去历史材料的简单堆积和机械整理，而是人们从自己所处的历史时代出发，根据一定的历史观念和文学观念对以往文学事实进行的重新书写。"一切历史都是当代史。"自然，作为一种历史类型，一切文学史也是当代史。意大利历史学家克罗齐在提出"一切历史都是当代史"命题时，特别强调："没有一部历史能使我们完全得到满足，因为我们的任何营造都会产生新的事实和新的问题，要求新的解决。因此，罗马史、希腊史、基督教史、宗教改革史、法国革命史、哲学史、文学史以及其他一切题目的历史总是经常被重写，总是重写得不一样。"[26]就是说，历史的当代性特质决定了不同时代的人们对已有历史书写的永不满足感，从而决定了历史重写的永无终结性。陈思和、王晓明等人在80年代末提出"重写文学史"口号时，也有着对文学史的当代性属性的强烈意识。陈思和说："在时间上离历史事件的距离愈远，往往对历史事件的真

· 60 ·

实面目看得更客观、更全面，因为参照系不一样，人处于具体历史环境下的时候，不得不受到此时此地气氛的感染，主观因素可能更强烈一些，而时间隔得越远久，参照系不但包括此时此地的因素，还加入了时间的一维，即检验历史事件在以后的岁月中产生怎样的效应。在这个意义上，当代性与历史性是不矛盾的。"[27]王晓明也认为，并不存在所谓纯客观的历史，"那些我们认为是客观历史的东西，实际上都只是前人对历史的主观理解，那些我们以为是与这'客观历史'相符合的'历史主义意识'，实际上也只是前人的'当代意识'"[28]。这两位学者从不同角度强调了历史与当代性的密切关系，进而说明了"重写文学史"的必然性与迫切性。历史总是在发展，今天看来是"当代"的到明天就成了"过去"，这样，站在当代性立场上的文学史重写工作就必须不停地进行下去。

由此可见，不论是从文学阐释的无止境角度来看，还是从文学史是当代意识的反映这一角度来说，"重写文学史"都是一个没有终结的话题，文学史重写都是一项永不停歇的工作。"重写文学史"命题所具有的这种无终结性特征，既赋予了历史上出现的所有文学史著作的合法性，也决定了这些著作的历史性和过渡性。文学史著作存在的这种悖论，反过来又为文学史的不断"重写"提供了永恒的保障。

注释：

[1] 陈思和：《关于编写中国二十世纪文学史的几个问题》，《天津社会科学》1996 年第 1 期。

[2] 温儒敏：《王瑶的〈中国新文学史稿〉与现代文学学科的建立》，《文学评论》2003 年第 1 期。

[3] 温儒敏：《王瑶的〈中国新文学史稿〉与现代文学学科的建立》，《文学评论》2003 年第 1 期。

[4] 陈思和：《关于"重写文学史"》，《文学评论家》1989 年第 2 期。

[5] 陈思和：《关于"重写文学史"》，《文学评论家》1989 年第 2 期。

[6] 陈思和、王晓明:《关于"重写文学史"专栏的对话》,《上海文论》1989 年第 6 期。

[7] 陈思和:《关于编写中国二十世纪文学史的几个问题》,《天津社会科学》1996 年第 1 期。

[8] 陈思和:《关于编写中国二十世纪文学史的几个问题》,《天津社会科学》1996 年第 1 期。

[9] 汪晖:《反抗绝望——鲁迅及其文学世界》,石家庄:河北教育出版社 2000 年版,第 420 页。

[10] 王富仁:《中国反封建思想革命的一面镜子:〈呐喊〉〈彷徨〉综论》,北京:北京师范大学出版社 2000 年版,第 3、4、20 页。

[11] 王富仁:《中国反封建思想革命的一面镜子:〈呐喊〉〈彷徨〉综论》,北京:北京师范大学出版社 2000 年版,第 5 页。

[12] 汪晖:《反抗绝望——鲁迅及其文学世界》,石家庄:河北教育出版社 2000 年版,第 41~42 页。

[13] 王富仁:《中国鲁迅研究的历史与现状》(连载十),《鲁迅研究月刊》1994 年第 11 期。

[14] 王富仁:《中国鲁迅研究的历史与现状》(连载十一),《鲁迅研究月刊》1994 年第 12 期。

[15] 黄子平、陈平原、钱理群:《二十世纪中国文学三人谈》,北京:人民文学出版社 1988 年版,第 1 页。

[16] 黄子平、陈平原、钱理群:《二十世纪中国文学三人谈》,北京:人民文学出版社 1988 年版,第 1 页。

[17] 黄子平、陈平原、钱理群:《二十世纪中国文学三人谈》,北京:人民文学出版社 1988 年版,第 29 页。

[18] 陈思和:《中国新文学整体观》,上海:上海文艺出版社 1987 年版,第 15 页。

[19] 陈思和:《方法·激情·材料》,《书林》1987 年第 7 期。

[20] 陈思和:《中国新文学整体观》,上海:上海文艺出版社 1987 年版,第 7 页。

[21] 陈思和:《中国新文学整体观》,上海:上海文艺出版社 1987 年版,第 406 页。

[22] 陈思和:《中国新文学整体观》,上海:上海文艺出版社 1987 年版,第 407 页。

［23］钱理群：《矛盾与困惑中的写作》，《文艺理论评论》1999 年第 3 期，第 49 页。

［24］王瑶：《关于现代文学研究工作的随想》，《中国现代文学史论集》，北京：北京大学出版社 1998 年版，第 276 页。

［25］黄修己：《中国新文学史编纂史》，北京：北京大学出版社 1995 年版，第 3 页。

［26］［意］克罗齐著，傅任敢译：《历史学的理论和实际》，北京：商务印书馆 1982 年版，第 31 页。

［27］陈思和、王晓明：《关于"重写文学史"专栏的对话》，《上海文论》1989 年第 6 期。

［28］陈思和、王晓明：《关于"重写文学史"专栏的对话》，《上海文论》1989 年第 6 期。

（原载《现代性及其不满：中国现代文学的张力结构》，银川：宁夏人民出版社 2007 年版）

经典在文本细读中诞生

时下中国学术界流行着一种风气，就是好"大"喜"全"，对那些所谓大视野、全方位的宏大叙述论文热衷有加。一些学者动不动就以"20世纪中国小说艺术综论""百年新诗的演变轨迹"等为论题来展开自己的学术述说，企图在一篇万余字的短文里将一个世纪以来纷繁复杂的中国文学现象和事实全摄笔端、一网打尽，人为地甚至有些武断地总结出几条基本特征与发展规律，构建出一个有些乌托邦色彩的理论框架来。与此同时，一些学术刊物为了制造轰动效应，追求复印率、转载率，也对这类稿件"情有独钟"，竞相吹捧一些综合性的、大框架的宏观论述文字，冷落甚至弃绝了对具体作家、具体作品进行细致读解和阐释的文章。笔者就有这样的亲身经历，一年前曾先后将两篇文本细读的文章投递给一个当责任编辑的朋友，但两次都被退回，他的解释是：此类文章太过于琐细，缺乏宏观的统摄性，因而不予采用。也许有我这种遭遇的人还为数不少。我觉得，学术界这种好"大"喜"全"、排斥文本细读的倾向是不太正常的，值得人们认真反思。

文学史的核心应该是文学作品，文学作品是文学史得以成立的最基本也最重要的元素，没有深入阐释文学作品的文学史叙述是空洞的、虚无的。对于文学作品与文学史关系的理解，陈思和先生有一段精妙的描述，他说："所谓文学作品与文学史的关系，大约类似于天上的星星和天空之间的关系。构成文学史的最基本元素就是文学作品，是文学的审美，就像夜幕降临，星星闪烁，其实每个星球彼此都隔得很远很远，但是它们之间互相吸引、互相关照，构成天幕下一幅极为壮丽的星空图，这就是我们所要面对的文学史。我们穿行在各类星球之间，呼吸着神秘的气息，欣赏那壮丽与清奇的大自然，这就是遨游太空，研究文学史就是一种遨游太空的行为。星月的闪亮反衬出天空夜幕的深邃神秘，我们要观赏夜空准确地说就是观赏星月，没有星月的灿烂我们很难设想天空会是什么样子的，它的魅力又何在呢？我们把重要的人物称为'星'，把某些专业的特殊贡献者称为'明星'，也是为了表达这样的意思。当我们在讨论文学史的时候，就不能不把主要的注意力放在这样一批类似'星'的文学名著上。换句话说，离开了文学名著，没有了审美活动，就没有文学史。"[1]的确，因为有了许多优秀文学作品的光彩熠耀，文学史的夜空才显得生动异常、奇幻无比。但我们只有对这些光芒四射的星星进行细致观赏、反复品味，才能真正领略到夜空之美。也就是说，我们只有对文学作品，尤其是优秀的作品进行反复的细读、不断的阐释，才能揭示出文学史的内在奥妙来。并不是说那些宏大叙述的理论文章没有论及文学作品，它们也提到了文学作品，不仅提到了，而且还提到了很多，只是当这些文学作品被提及的时候，它们往往已不再是血肉丰满的艺术形态，而成了被抽空的能指符号，成了服务于作者观点的行尸走肉般的工具。罗兰·巴特有个很著名的后现代观点就是，作品一旦诞生，作者就"死"了。仿照此句，那些宏大叙述的理论文字一旦建构了某个文学史框架，文学史是诞生了，文学却"死"了。宏大叙述造成的这种抹杀具体文学作品丰富性的现象，着实令人担忧。

众所周知，判断一个民族文学创作水平的高下，不是根据作品数量的多少，而是根据优秀作品所达到的艺术高度。文学史上出现的那些最优秀的艺术作品，代表了一个民族的审美理解与艺术表达所能达到的最高层次，也是一个民族智慧的结晶。因此，对经典的发现、塑造以及反复阐释，就构成了当代文学研究者的一项重大任务和重要课题。而经典是在阐释中建构起来的，直接面对文本，多作细致研读，可以说是探寻经典、塑造经典的最有效途径。宏大叙述最显在的弊端就是，对文学经典缺乏深入、细致的阐发。因为体系建构的客观需要，宏大叙述把理论阐发的重点放在对某一段时期的文学史进程作宏观的、粗线条的勾勒上，很少顾及对其间格外优秀甚至堪称经典的作品的深度诠释，这样，出类拔萃的作品和质量平平的作品通常被毫无分别地排列在一起，扮演着相同的角色，即都是支撑论文观点的材料。从这个角度看，经典的独异性被消抹了，经典所具有的独特魅力和价值也无从显露出来。宏大叙述的理论之风一旦盛行，对建设中国现当代文学的经典来说是很不利的。

中国现当代文学不乏优秀的作品，但除了鲁迅小说，现当代文学还远没有建立起属于自己的经典谱系来。经典的建立需要一个较长的时间过程，在这个过程中，对那些富有经典潜质的作品进行反复、深入而细致的阐释是必不可少的。自然，这项工作对当代学者来说也是富有挑战性的，它需要学者首先有一双寻找经典、发现经典的睿智的眼睛，同时还要有在泥沙俱下的现当代文学作品中披沙沥金、愿做细活的耐心和勇气。近几年来，一些学者已经在经典的发觉与诠释上投入了很多精力，陈思和先生可以算作这方面的一个代表。他讲现代文学史，总是从细读文本出发，通过对文学作品的解读，在提升艺术审美能力的同时也让学生认识了文学史的过程和意义。同时，他还善于发现被人忽视的一些具有"经典"意识的文学作品，进而为现代文学史增添新的艺术图景。他曾说道："我讲现代文学史，要从鲁迅的早期小说《斯巴达之魂》说起，这部小说一般无人注意，即使讲鲁迅的早期作品，也是讲他的论文或者文言小说《怀旧》，不过我还是喜欢《斯巴达之魂》，它不仅神采飞扬，体现了鲁迅强烈的浪漫主义的创作精神（这也是贯穿了鲁迅一生的创作精神），而且是因为从 20 世纪初到五四新文学运动，大多数作家自觉斩断自己的文化传统，转向对西方的流行文化和时尚文化的模仿，这使五四新文学保持了青春活力的特色，但也是它之所以肤浅不深的根本原因。但这种趋势并不妨碍少数优秀的作家从头开始学习西方文化，企图从文化源头上理解和引进西方文化的传统。鲁迅从古希腊的历史中攫取了这个片段，并融化到自己的艺术创作里，正是反映了当时的中国文学中世界性因素的形成。《斯巴达之魂》所表达的就是一种创作中的'经典'意识。"[2]从这段话里我们不难发现，陈思和通过自己对文学文本的仔细研读，从中国文学中的世界性因素这一角度，发现了《斯巴达之魂》这篇一向不被人重视的鲁迅小说独特的艺术特征和经典意识，这对于重新认识鲁迅小说的世界性意义来说无疑是极有学术价值的。

文学经典是在具体的文本阐释过程中被发现的，其作为一个民族"文化传统中最根本的意象"（陈思和语）的经典性地位也只有在反复的阐释中才能最终确立下来。我们可以举鲁迅小说《阿Q正传》为例来说明。这篇小说连载于1921年4月至1922年2月的《晨报副刊》，当它连载时就已经引起了人们的关注，那个时候的一些学者就开始对它做出理解与阐释，比较典型的如沈雁冰（茅盾），当时他就指出阿Q是"中国人品性的结晶"，这一观点与鲁迅"画出这样沉默的国民的魂灵来"的创作意图不谋而合。三四十年代时，人们对阿Q的理解也依然沿袭"愚弱国民灵魂"的思路，强调他是"中国精神文明的化身"[3]。到了五六十年代，一些学者采用阶级分析的方法，认为鲁迅塑造阿Q这个形象是为了"从被压迫的农民的观点"对资产阶级及其领导的辛亥革命进行深刻的批判。[1]80年代中国文学研究的复兴可以说是从对鲁迅小说的重新阐释，尤其是对阿Q的重新认识开始的，中国当代第一个文学博士王富仁，正是从"中国反封建的思想革命的一面镜子"的观念出发来重新解读《阿Q正传》的，他强调了阿Q造反的负面意义："即使阿Q成了'革命'政权的领导者，……他将以自己为核心重新组织起一个新的未庄封建等级结构"，并指出造成阿Q悲剧的直接原因是辛亥革命"政治革命行动脱离思想革命运动"，领导者只注重了诉诸武装暴力的革命行动，而忽视了农民精神的改造。[4]到了80年代中后期，对《阿Q正传》的阐释又有了新的突破，著名学者汪晖就从存在哲学的角度来重新解释阿Q的生存境遇以及"精神胜利法"性格选择的根本原因，他认为，阿 Q 作为一个生命个体，几乎面临着人的一切生存困境：现实生活的举步维艰（《生计问题》）、无家可归的困窘和婚恋传后的空落（《恋爱的悲剧》）、面对死亡威胁的惊恐（《大团圆》），这如山的生存困境以及所做的多次徒然的反抗，把阿 Q 最后推到了绝望的境地，他选择"精神胜利法"是一种反抗绝望、企图摆脱绝望的无奈之举，但这种选择又使他坠入更加绝望的深渊，于是，人的生存困境永远无法摆脱。鲁迅由阿 Q 这个生命个体出发，通过艺术世界的精心营构，深刻地烛照到人类精神现象的一个重要侧面，从而使小说获得了超越时代与民族的意义和价值。[5]正是在这一批学者的不断细读与阐释之下，《阿 Q 正传》才由一篇具有经典潜质的普通小说升华为 20 世纪中国文学的经典之作。如果没有学者们不懈的努力和一再的阐释，这部小说的经典性价值就可能无法被发掘出来。《阿 Q 正传》经典化的过程告诉我们，经典是在文本细读与不断阐释中诞生的，没有对具体文本的阐释与再阐释，文学经典永远无法生成。

真正的经典是超时空的，它绝不会随着时代思潮的转换而被历史遗忘，而是会随时从时空的间距中跨越出来对现实发言，向现实提问，征询人们的馈应与回答。现实总是在不断变化的，现实的变化也迫使我们要不断对经典做出新的诠释，进而开采出经典对于当下社会的新的意义与新的启示。从这个角度来说，经典的意蕴是阐说不尽的。谈到对阿 Q 的阐释，钱理群先生曾经指出："阿 Q 和一切不朽的文学典型一样，是说不尽的。不同时代、不同民族、不同层次的读者从不同的角度、侧面去接近它，有着自己的发现与发挥，从而构成了一部阿 Q 接受史，这个历史过程没有、也不会终结。"[6]经典的阐说不尽，也就意味着文本细读的工作永远没有终结，意味着对经典的再阐释和再发现总是具有某种意义。现象学哲学有一个很著名的观点，叫作"面向事物本身"，文学经典建构的历史任务也呼唤我们要直接面向文本本身，不断对它们作出新的理解与阐释，在文本细读的过程中，建构起我们时代的经典，以促进中国现代文化和现代文学的建设与发展。

注释:

[1] 陈思和:《文本细读的意义与方法》,《中国现当代文学名著十五讲》,北京:北京大学出版社2003年版,第2~3页。

[2] 陈思和:《文本细读的意义与方法》,《中国现当代文学名著十五讲》,北京:北京大学出版社2003年版,第13页。

[3] 立波:《论阿Q》,《中国文艺》1941年第1卷第1期。

[4] 王富仁:《中国反封建的思想革命的一面镜子——〈呐喊〉〈彷徨〉综论》,北京:北京师范大学出版社1986年版,第19页。

[5] 汪晖:《反抗绝望——鲁迅及其文学世界》,石家庄:河北教育出版社2000年版。

[6] 钱理群、温儒敏、吴福辉:《中国现代文学三十年》,北京:北京大学出版社1998年版,第47页。

(原载《名作欣赏》2008年第7期)

想象城市的方式：
中国现当代城市文学侧论

在传统文化向现代文化转换的过程中，城市化显然是一个重要的社会学指标——对一个地区现代文化品位的发展、现代文明程度的提升等做出的评判，某种意义上是以城市化的水平作为价值尺度的。近现代以来，当城市作为一个不断生长的事物在中华大地上日益凸显之时，社会各界对之投注关切的目光，展开及时的观察、分析、联想与记忆，便成为顺理成章的事情。反映中国作家对城市这一现代事物加以关注、思考与艺术处理的城市文学，正是在这样的历史基点上应运而生的。进一步说，城市进入文学的视野，或者文学书写中的城市演绎，既是人们对城市这个庞然大物进行的及时的艺术诠释，也是人们理解城市、想象城市的一种重要手段和方式。正因为如此，文学的城市与现实的城市之间就不可能是一种照相式的直接应对关系，而是始终存在着一定的差异和张力。毋宁说，城市文学是创作主体将情感和思想投射于城市之后而生成的文学产品；文学的城市则是中国作家借助现代都市镜像，在现实世界之外另建的一处有着特别意味的精神居所。

回顾中国新文学近百年的历史进程，不难发现，一直占据着主导地位的其实是乡土文学。中国现代乡土作家之多、乡土作品之盛，在整个世界文学格局中都堪称独步，这种现象的发生，与中华民族源远流长的乡土情结和浓郁绵密的乡村历史记忆与乡土文化氛围关系甚切。与之相比，城市文学则长期处于次要的位置，对城市加以重点聚焦与集中书写的中国现代作家为数甚少，作品也极为有限。也就是说，近百年来，城市文学并没有在中国文学的历史区域中获得足够的生存与发展空间。如果按陈晓明的解释，"只有那些直接呈示城市的存在本身，建立城市的客体形象，并且表达作者对城市生活的明确反思、表现人物与城市的精神冲突的作品才能称之为典型的城市文学"[1]，那么近百年中国文学中真正符合此条件的城市文学作品更是凤毛麟角。因此，在这样的界定下来探讨城市与文学的关系可能会受到不小的限制。为了便于敞开关于城市与文学内在关系的学术话题，我们不妨将城市文学所涵括的范围尽量扩大，将那些只要涉及对现代大都市加以艺术的书写，将现代大都市影响了人们的生活与生存作为文学主题的作品都视为城市文学。在这样的观照视野下，中国现当代城市文学作品还是不失精彩与丰富的，它们既直接描绘了近百年来中国现代化与都市化的历史图景，又生动呈现了都市化进程中的中国人复杂的精神情貌和斑驳的心灵踪影，因而值得我们仔细地回味与系统地爬梳。

在现代文学史上，城市作为重要的物质存在与文化符号而堂而皇之地进入中国作家的创作视野之中，应该追溯到20世纪30年代的新感觉派小说。在穆时英、刘呐鸥、施蛰存这批早期的海派作家所创作的小说里，都市生活、都市场景构成了最主要的观照对象和书写目标。上海这一东方大都会所具有的耀人眼眸的外在景观和挤压人类精神与心灵的内在特质，在新感觉派小说家的文学文本中得以充分彰显出来。在《上海的狐步舞》里，穆时英以"上海，造在地狱上的天堂"一语作为小说的开头语和结束语，形成首尾呼应的结构形式；同时以几个令人触目惊心的情节片段，着意凸显现代城市里的迷幻、恐慌以及繁华背后的淫乱和肮脏等情态，借以展示对上海这一国际大都会的特定理解与大胆想象。"狐步舞"在某种意义上构成了新感觉派小说家对上海都市节奏和步态的诗化摹状，它既是诡异和魅惑的代名词，也是都市空间中充满欲望陷阱和人性沉沦这一现代性特质的生动隐喻。在刘呐鸥的短篇小说集《都市风景线》里，"颓废"成为作家反复表现的城市主题，物景的颓废、时光的颓废、城市人生活的颓废、心灵的颓废等，都在小说中一一映现。你看其中一篇小说

《游戏》里的这两段叙述：

> 在这"探戈宫"里的一切都在一种旋律的动摇中——男女的肢体，五彩的灯光，和光亮的酒杯，红绿的液体以及纤细的指头，石榴色的嘴唇，发焰的眼光。中央一片光滑的地板反映着四周的椅桌和人们的错杂的光景，使人觉得，好像入了魔宫一样，心神都在一种魔力的势力下。

> ……

> 空气里弥漫着酒精、汗汁和油脂的混合物，使人们都沉醉在高度的兴奋中。有露着牙哈哈大笑的半老汉，有用手臂作着娇态唧唧地细谈着的姑娘。那面，手托着腮，对着桌上的一瓶啤酒，老守着沉默的是一个独身者。在这嬉嬉的人群中要找出占据了靠窗的一张桌子的一对男女是不大容易的。

在这样的叙述中，城市区间里充满着的梦幻感和挑逗感的光影声色，城市人纸醉金迷的物质与精神生活，都散佚着一层颓靡的气息，给人带来冲击、震慑甚至惊恐之感。可以说，穆时英、刘呐鸥在小说中展开的都市述说，给上海这个国际都会涂抹上了一层怪异、迷幻的精神色调，从而从一个特定的角度打开了现代人想象城市的人文视野，首次建构了处于现代化初期的大上海所可能具有的城市形象。新感觉派小说的着眼点体现在作家的感觉甚或直觉上面，感觉是一种源自心灵的产物，它是否准确地反映了现实存在本身并不是最重要和最关键的，最关键的地方在于它是否遵从了作家本人对城市的独特理解、是否反映出作家对现代都市的个人化想象。新感觉派小说所描述的文学上海，之所以显示出突出的文学史意义，是因为他们在小说中较为具体而生动地勾勒了上海的物质和精神的双重面影，从而使上海第一次在新文学的艺术画廊中展现出整体性的风貌，尽管这样的风貌与现实上海之间存在着很大的差距。新感觉派小说所描画的文学上海能在第一时间为读者大众普遍地认可和接受，正是得益于它在一定程度上契合了当时的人们对现代大都市的想象与认知。

如果说新感觉派小说家开启了对上海的"感觉"性想象模式的话，那么，茅盾的《子夜》则创造了对上海都市的社会学想象形态。茅盾一再强调，《子夜》的创作是有明确的写作意图的，"这部小说的写作意图同当时颇为热闹的中国社会性质论战有关"[2]。也就是说，茅盾创作《子夜》，正是为了通过某种情节的讲述和人物的塑造，来回答当时中国社会正处于何种历史阶段、具有怎样的性质这类社会学问题。为了让"中国社会性质"这一重大的社会学命题有一个较为坚实的现实承载基地，茅盾选择了上海作为人物活动和故事展开的主要场域，这可以说既是偶然的，又是必然的。说其偶然，是因为小说家茅盾对上海这座城市较为熟悉和了解，这篇小说在酝酿和创作之期，他也正寓居上海，上海的都市影像此起彼伏地映入他的眼帘，进入他的记忆之中，上海成为小说中人物出场和故事发生、发展的特定空间也就顺理成章了；说其必然，是因为在 20 世纪 30 年代中国的社会地理学格局中，只有上海名副其实地处于现代化的最前沿地带，上海的社会景观和人文风貌在中国现代化的历史进程中有着无可替代的典型意义，将人物活动和情节展开的空间设置在上海，以此呈现中国社会发展的历史情态，毫无疑问是具有极大的说服力的。如果说老舍的《茶馆》是以"茶馆"这个锁闭性的活动空间来展现"大茶馆，小世界"的文学主题的话，那么，茅盾的《子夜》则是以上海这个开放性的城市空间来凸显"大上海，大历史"的文学主题。毋庸置疑，近代以来，上海的格局始终是巨大的，这种巨大的格局远不止于其城市地理版图的阔大，更重要的是其社会容量的无限深广。只有在上海这样的国际都市地带和看得见的名利场里，政界、军界、商界的巨擘们才可能经常聚首，频繁碰撞，以致各具心思、各显神通，直到最后还不得不相互提防、相互算计。可以说，在《子夜》之中，"吴荪甫神话"的诞生与破灭，中外势力的激烈角逐和生死博弈，工、农、商、学、兵各色人群的纷纷出场，各呈其态，众多人物的性格和命运的真实而充分的呈现，都得益于上海这个巨大的都市舞台。美国学者詹明信曾以鲁迅小说为例，阐述了第三世界国家的文学都是一种"民族寓言"的理论观点。而在我看来，茅盾的《子夜》则启动了第三世界国家文学的"社会学寓言"模式，这可以说是这部小说最能体现其艺术独创性和世界文学价值的地方。在城市文学的历史发展中，《子夜》的独特意义在于，它通过对"吴荪甫神话"诞生与破灭的精彩书写，赋予了上海都市以社会学的意蕴，使上海在社会学层面上的理解与想象获得了较为确切的艺术形式和思想定位。事实上，文学上海也因为这部小说的问世而呈现出崭新的面貌。

在影响深远的《中国现代小说史》里，夏志清曾对张爱玲作过如此评价："她有强烈的历史意识，她认识过去如何影响着现在——这种看法是近代人的看法。"[3]夏志清的这番评语，可谓是相当精准并颇富深意的，对于我们理解张爱玲的城市文学书写也不乏启示。作为城市文学的经典之作，《倾城之恋》的独特性就在于，张爱玲对上海与香港的都市体验和都市描述里，启用了一种特殊的观照方式——近代的时间视角和历史意识，在近代性的思维视野中理解与想象、描绘与叙述现代城市，因此张爱玲能呈现出现代都市与众不同的一面，从而与其他作家拉开了距离。我们知道，在1930—1940年，随着中国城市化水平的持续发展和国人现代意识的不断增强，在作家心目中城市的重要性与日俱增，城市书写已然构成了现代文学艺术园地里较为常见的美学景观。为了在文学世界里尽可能客观地呈现现代都市风貌，真实地袒露作家的都市体悟和感知，当时的许多作家都在极力搜罗疯狂流转的城市浪潮与商业化信息，大量描摹都市化语境中的消费场景，敏锐捕捉都市漩流中的人类心灵悸动，这在新感觉派小说和"左翼"文学作品中表现得相当普遍。然而张爱玲却不同，她并没有按照现代化的历史运行逻辑直接地去理解与想象现代城市；而是一反常态，大胆借用了近代的时间视角，用近代人的眼光来打量和读解眼前的都市物象，从而绘制出了同时代人未能发现更不可能写出的都市景观。在《倾城之恋》里，虽然小说中的主要人物白流苏、范柳原等都置身于现代都市，但张爱玲偏偏"讲述的是旧时代的家的故事，讲述的是女人的内心"[4]。正因为站在近代的时间节点上来遥望现代城市，张爱玲小说中的上海与香港，才不见了闪烁的虹霓、喧嚣的市声和醉生梦死的都市人群，有的只是社会变局之中女性平凡的生活与无可奈何的命运。或许正是借用了近代的时间视角与历史意义，张爱玲才独具慧眼地发现了现代都市中蕴藏着的荒芜与苍凉的精神内涵，才孕育出与众不同的张爱玲式的城市小说的书写模式。张爱玲似乎是现代文学的城市叙事中一个别有意味的插叙，她以近代化的历史意识来观照现代都市风景，在错位性的时间组合中不仅出人意料地掀开了现代城市独特的一角，还以此大胆地提醒人们：现代人对于城市的观照视点其实是多维的，不仅仅只有直面当下的现代性视野，其实也可以回溯到前现代时期，运用前现代的历史视野。而恰好正是这种前现代（近代）的时间视野与历史意识，才无意之中赋予了张爱玲小说在现代文学的城市书写中难能一见的民族化性格和后现代潜质，从而使其能在当代的历史语境中仍然散发出璀璨夺目的艺术光辉。

被王德威称之为"海派文学新传人"的上海作家王安忆，其长篇小说《长恨歌》无疑是当代文学城市书写的典范之作。在这部创作于20世纪90年代中期的长篇小说里，王安忆通过对居于上海滩的女主人公王琦瑶半个多世纪的生活踪影和情感历程的细腻描述，透视出现代女性与现代都市之间相互激发、纠缠不清的复杂关系。由于对都市女性命运的强烈关注和深刻反思，《长恨歌》在问世之后，获得了文学界的一致好评，王德威甚至称赞它"填补了《传奇》《半生缘》以后数十年海派小说的空白"[5]。毫无疑问，王德威是异常看重王安忆与张爱玲之间在海派文学传统上所具有的承袭关系的，他分析说："1952年，张爱玲辞离上海，以后寄居异乡，创作亦由盛而衰。……但借着王安忆的《长恨歌》，我们倒可想象，张爱玲式的角色，如葛薇龙、白流苏、赛姆生太太等,解放后继续活在黄浦滩头的一种'后事'或'遗事'的可能。"[6]这样的分析是不无道理的。在对现代城市加以审视和读解时,王安忆和张爱玲不约而同地选择了一种历史的视角,他们都从时间的潜望镜中来凝望和窥探现代都市的社会风情与人文景观,从而体现出某种前后相继性。所不同的是,张爱玲赋予了现代都市以近代的想象,从而窥见城市背后的苍凉和悲戚底色;王安忆则将现代都市铺放在一个更为长远的时间轴面上,以长时段的历史视野来审读现代大都市的风云变化、潮起潮落,进而将半个世纪以来的都市踪影完整地呈现在人们眼前。与新感觉派小说不同,《长恨歌》并没有着意铺叙大上海熙熙攘攘的各色人流、喧哗闹腾的都市声浪、变幻不定的霓虹灯柱,没有对现代化的物质性符号和消费主义气息作大肆渲染,而是将叙述的焦点集聚在城市中的人,尤其是女性的身上,以人物命运的展演来牵带出城市历史的流变。由于过少地直视城市本身、写照城市背景,而只注重对小说人物关系和命运的揭示,《长恨歌》在出版之后,其"城市文学"的身份受到过一定程度的质疑。例如,陈晓明就曾指出:"城市小说总是与新兴的城市经验相关,总是与激进的思想情绪相关。不管是叙述人,还是作品中的人物,总是要不断地反思城市,城市在小说叙事中构成一个重要的形象,才会被认为这种小说城市情调浓重而被归结为城市小说。"[7]基于此,他认为王安忆的《长恨歌》是不能"归类为城市小说"的。陈晓明的判断有他的道理,不过在我看来,《长恨歌》之既没有直接描写城市物象,也没有直接呈现"新兴的城市经验"和"激进的思想",而只勾画了城市女性的生存和命运的表现形态,或许并不能构成其无法纳入"城市文学"谱系的根据;相反,它可能意味着城市文学(小说)的新的表述手段和言说方式的兴起,甚至可能是城市文学(小说)走向成熟的某种昭示。因为这篇小说尽管并没有让城市的物质化形象赫然呈现,但当我们阅读小说时,又强烈地感受到城市的身影无处不在,原因何在呢?大概因为城市作为一种现代文明信号,已经悄然入住到现代女性王琦瑶的人生场域之中，由于她自生至死都与上海这一现代都市相拥相抱在一起，城市认知与城市经验已然内化为她的生命血液，她的精神记忆、她的生活起伏、她的爱恨情仇，无不打烙着现代都市文明的深刻印记。关于《长恨歌》的创作初衷，王安忆曾这样谈论过："在那里面我写了一个女人的命运，但事实上这个女人只不过是城市的代言人，我要写的其实是一个城市的故事。"[8]也就是说，《长恨歌》借助对王琦瑶人生和命运的传记式书写，将上海拟构成"一个人的城市"，从而展开了对上海都市的性别化想象。从小说对王琦瑶的生命起落和悲欢离合的描述里，我们充分感受到上海这座城市所具有的细腻情感和性别意识。在这个基础上，似乎可以说，《长恨歌》揭示的是现代女性的城市生活史或者说现代城市的女性发展史，而王琦瑶风流常驻、青春不衰的精神征象，或许正是上海这个现代文明都市历经百年风云但始终充满朝气与活力的某种象征。

施战军曾经指出："'新感觉派'作家为文学史提供的是妖魔化的城市文学传统。"[9]这是颇有见地的。的确，在对城市的文学想象里，新感觉派小说家们所塑写出的"艳异摩登"（王德威语）的上海都市形象，由于与现代人鲜活的身体感觉和丰沛的情感欲望相应和而备受瞩目，并以各种改头换面的形式出现在现当代文学的城市书写之中。在当代城市文学（小说）中，将新感觉派这种"妖魔化"城市的思想策略体现得最充分、演绎到极致的，就数卫慧在 20 世纪 90 年代末期所创作的长篇小说《上海宝贝》了。同样是对上海的"妖魔化"，卫慧的《上海宝贝》与新感觉派小说还是有着较大的不同：如果说新感觉派对于城市的想象和表述还停留在感觉层面的话；那么卫慧则直接诉诸原欲，以身体的欢愉和性的满足为最高标准来完成对国际大都市上海的新一轮叙述与构建。出于对现代都市的欲望化想象，卫慧不仅在小说中多次叙述了一个东方现代女性与来自发达资本主义国家的男人之间的疯狂交合和身体欢爱，还将股市、手机、网络、K 房、桑拿、吸毒、自慰、虐恋、咖啡厅、跨国恋、同性恋、双性恋、性无能、性超人等带着浓烈的现代甚至后现代气息的文化符号大量铺写出来,从而成功实现了对新感觉派小说的符号系统的刷新与城市想象的超越。在卫慧的都市书写中,由于作家将人的欲望尤其是性欲放在第一位来加以彰显,由此塑造出的城市景观无疑是充满着挑逗性和膨胀感的,此时的上海,俨然成了一张借以满足现代人的身体想象和欲望倾泻的偌大的温床。不能否认,《上海宝贝》还是具有某种文学史意义的,诚如施战军指出的那样,《上海宝贝》特别的文学史意义在于,"它是符号化的'都市小说'的集成和终结"[10]。与此同时,《上海宝贝》还借助极端的欲望叙事,侧面渲染了当代上海所具有的浓厚的消费文化语境与巨额的跨国资本介入氛围,由此将上海的国际化风范和全球化地位鲜明彰显出来。然而,《上海宝贝》的意义毕竟是有限的,它的审美表达中存在着诸多失效与失策的地方,其最重大的失策就在于,由于过度渲染了现代都市的商业化符号和后现代氛围,一个真真切切的上海形象不仅没有被小说清晰地呈现出来,反而变得异常迷离恍惚、虚无缥缈。换句话说,在卫慧极端化的欲望叙事中,作为审美对象的都市上海不仅没有被还原为一个可以被确切感知的物质性实体,反而变成了一种不切实际的主观化幻象。这样的城市书写,很显然是无法把上海这一现代都市的文明质态和精神内涵准确地折射出来的。

新生代小说家邱华栋在 21 世纪以来创作出了多部描画现代都市物象、反映都市人日常生活的长篇小说,代表性作品有《正午的供词》《花儿,花》《教授》等。这些城市小说中给人印象最深的,也许是作家有关都市的空间化想象。《教授》中有这样两段描述:"那个地区如今由一片片玻璃幕墙建筑所构成,是晶莹的玻璃城区和水晶城区。这些年,高楼大厦不断地耸立起来,一幢比一幢高大巍峨,鳞次栉比,形成了奇特的都市峡谷和山峰,通体都闪耀着物质时代的冷漠与华贵的光芒。""巴黎春天公寓楼像一群挺拔的、艳丽的女人,突然就伫立在三里屯南街那一大片年初还是空地的地方,迅速地使得这里变成了繁华的地区。

它们看上去像是一片水晶一样的结晶体建筑群，如同某个梦幻中的产物。……他可以用最物质的东西，那些毫无人性的钢筋、水泥、玻璃和其他坚硬的东西，营造出一座座的水晶城市，附着人们对生活的向往和梦幻（的）索求。在这样的城市里，人们一方面变得更加的平面和物质化，可是，也获得了一种简单的快乐。"在当今的都市，"教授"一定意义上构成了上层知识分子的别名，他们的居住条件和生活状态自然表征着城市空间中上流阶层的居住和生活方式。在小说《教授》里，邱华栋从社会上层人的观照视角来审视都市空间，异乎寻常地描绘出了一个充满梦幻感的"水晶"的世界，在这个世界里，不断耸立的楼房"高大巍峨"，通体闪烁着"冷漠与华贵的光芒"，像一群"挺拔""艳丽"的女性，到处流溢着耀人眼眸的光焰和捧手可掬的欲望。在这样的想象和描摹之中，小说家无疑为都市空间涂抹上了一层迷人的色调，让这个独特的地理区域无形之中成了充满快乐和梦幻的人间天堂。邱华栋着意刻画的都市空间的华贵、晶莹、宽敞和舒适，某种程度上将现代社会里上层人的生活图景进行了物质化的生动喻示，它一方面象征着改革开放三十余年中国人物质条件和生活境界的某种巨大变更，另一方面也精彩地言说着这样的历史事实：当代文化语境下的现代城市，正以一种既富于理想光泽又不乏现实可见性的复杂化特质，诱惑着社会上的芸芸众生，既让成功者迅速获得及时的价值与欲望满足，又引领着更多尚在底层的人们努力地攀升、马不停蹄地奋进。与邱华栋的《教授》不同，六六的《蜗居》则代表着当代作家从底层的视角对都市空间展开的想象与书写。小说通过对底层人的居住困境和生存焦虑的艺术性描绘，将城市市民对于扩大个体生存空间、提高家庭生活水准、实现自我价值提升的现实期待准确地揭示出来。与此同时，《蜗居》也折射出另一层面的意味：随着物质欲望的不断满足，人们的精神生活正在悄然地退化和变味。当拥有票子成为生命价值得到确证的最直接体现时，当住进宽敞、富丽的房子成为一个人高规格生活质量的最生动象征时，票子和房子之外的其他事物尤其是精神层面的东西也就无形之中"身价暴跌"了。而在笔者看来，人们关于"蜗居"的事实判断，看上去似乎是客观的，而实际上是主观的，它是城市居民对于自我居住标准和生活条件的要求不断提升甚至人为拔高而导致的结果。居住空间的大小，与生活质量的提高和幸福指数的上升，其实并不存在直接的关联。夸张一点说，而今搬进宽敞单元的人们，未必会比当年住在狭窄的筒子楼时更有幸福之感。当代都市中"蜗居"论的愈演愈烈，既是市民日益强化的生存意识和享乐意识的生动折射，也是消费主义文化语境和商业化浪潮不断撩拨、无止境开发人们的物质欲望的结果。从更深的层面上说，在当代中国，当物质文明与精神文明的发展并没有达到同步时，当代城市市民"蜗居"现状的改变或许并不是通过换到一间更大的房子就能解决的，因为当物质化的空间在加倍扩大，无数人为获取一间更大的住房而疲于奔命的时候，留给人们的精神空间正在无形之中逐渐缩减；在此基础上，伴随着现实物欲的极大满足，当代城市市民很可能付出灵魂干瘪和精神匮乏的惨重代价。从这个角度来说，为现实性的住房而日夜焦虑的现代人，即便有一天住进了宽敞的大楼，是不是仍将无法摆脱在精神上永远"蜗居"的历史宿命呢？

由上可知，中国现当代城市文学，一定意义上是作家借助文学形式展开的想象与理解城市的独特方式；中国现当代城市文学的发展过程，也正是想象城市的方式不断多元化和丰富化的过程。从新感觉派对城市的感觉性想象，到《子夜》的社会学想象，到张爱玲对现代都市的近代性想象，再到王安忆对于上海的性别化想象，以及《上海宝贝》的欲望化想象和《教授》《蜗居》的空间化想象，所有这些构成了中国现当代作家想象和理解城市的多元化景观，一个充满多面性和立体感的现代都市形象也借助这些丰富、精彩的想象方式得以逐步建构起来。与此同时，如文章开头所云，在现代中国，现代化和城市化往往是携手并肩的，城市化某种程度上也表征着现代化。在这个意义上，中国现当代城市文学所体现出的对于城市的想象方式，也代表着中国现当代作家对于现代化的想象和理解方式。

注释：

[1] 陈晓明：《城市文学：无法现身的"他者"》,《文艺研究》2006 年第 1 期。

[2] 茅盾：《子夜·再来补充几句》, 北京：人民文学出版社 1982 年版, 第 575 页。

[3] 夏志清：《中国现代小说史》, 上海：复旦大学出版社 2005 年版, 第 259 页。

[4] 陈晓明：《城市文学：无法现身的"他者"》,《文艺研究》2006 年第 1 期。

[5] 王德威：《海派作家, 又见传人》,《读书》1996 年第 6 期。

[6] 王德威：《海派作家, 又见传人》,《读书》1996 年第 6 期。

[7] 陈晓明：《城市文学：无法现身的"他者"》,《文艺研究》2006 年第 1 期。

[8] 齐红、林舟：《王安忆访谈》,《作家》1995 年第 10 期。

[9] 施战军：《论中国式的城市文学的生成》,《文艺研究》2006 年第 1 期。

[10] 施战军：《论中国式的城市文学的生成》,《文艺研究》2006 年第 1 期。

（原载《上海文学》2014 年第 6 期）

沈从文 "文体作家" 称谓的内涵流变

在各种现代文学史版本中，以 "文体作家" 这一称谓来归纳和概述沈从文作品的艺术特征是较为普遍的叙事策略。如钱理群等著的《中国现代文学三十年》写道："沈从文被人称为'文体作家'，首先是因他创造性地运用和发展了一种特殊的小说体式：可叫做文化小说、诗小说或抒情小说。"[1]朱栋霖等主编的《中国现代文学史 1917—2000》直言："沈从文有'文体作家'之称。他的文体不拘常例，故事也不拘常格。"[2]朱金顺主编的《中国现代文学史》叙曰："沈从文的创作除了淳朴的风俗民情和美丽的山光水色引人入胜外，他还以丰富多彩的体式和迷人的文字赢得了'文体作家''语言文字的魔术师'的美称。"[3]不言而喻，"文体作家"之称倒是简明扼要地勾画了沈从文小说手法万端、风格多变的特点，读者理解起来也并不繁难，被用作文学史叙述的基本话语自在情理之中。不过，"文体作家"一语既然被加上引号，就说明它是有一定来历的，需要加以适当解释才对。令人不解的是，各种文学史教材指认沈从文为 "文体作家" 时，几乎都没有对这一称谓的原始出处和基本含义进行必要的注释与阐说，这或许因为著述者觉得此称呼无甚异议，对之另行作注实在大可不必。但在笔者看来，考虑到沈从文最初被称为 "文体作家" 时的历史复杂性以及这一称谓自诞生至今的近 70 年来已实现了由贬而褒的意义演化等情形，为了还原历史，促进读者对 "沈从文现象" 的更为深入的理解和更为准确的把握，很有必要对 "文体作家" 一语加以一定的说明和解释。

据现有资料来看，最早在正式场合将 "文体作家" 四个字组合在一起用以阐述沈从文小说创作特性的，应该是苏雪林。在

《沈从文论》一文中，苏雪林如此指出："有人说沈从文是一个'文体作家'（stylist），他的义务是向读者贡献新奇优美的文字，内容则不必负责。不知文字可以荒诞无稽，神话童话和古代传说正以此见长——而不可无意义。《月下小景》这本书无意义的例子我可以举出几个来。""沈氏虽号为'文体作家'，他的作品却不是毫无理想的。不过他这理想好像还没有成为系统，又没有明目张胆替自己鼓吹，所以有许多读者不大觉得，我现在不妨冒昧地替他拈了出来。这理想是什么？我看就是想借文字的力量，把野蛮人的血液注入到老迈龙钟、颓废腐败的中华民族身体里去使他兴奋起来、年青起来，好在 20 世纪舞台上与别个民族争生存权利。"[4]上引两段话都提及沈从文"文体作家"的称呼，但价值判断上一贬一褒，似乎有些自相矛盾。不过细读原文我们才发现，贬的部分确实是在谈论"文体作家"的"文体"问题；褒的部分已经不是谈文体，而是在论述沈从文作品的"哲学思想和艺术"了。这两段话告诉我们，沈从文被公认为"文体作家"事实上并非自苏雪林始，"有人""号为"等语的强调，说明当时市面上对沈氏"文体"的论谈已非一日。而从苏雪林的表达中可以揣摩到，以"文体作家"来称冠沈从文，在当时的人们看来，似乎并不是出于褒奖之意。

苏雪林在文中所说的"有人"，理所当然地包括了韩侍桁。因为在苏雪林发表《沈从文论》之前，这位来自"左联"的文艺批评家早已著文表达过对沈从文小说"文体"形式上的不满。在题为"一个空虚的作者——评沈从文先生及其作品"的文章中，韩侍桁开门见山地指出："一个享受着较大的声誉，在某一部分领有着多数的读者，其实是轻轻地以轻飘的文体遮蔽了好多人的鉴赏的眼，而最有力地诱引着读者们于低级的趣味的作者，是沈从文先生。""轻飘的文体"，这是韩侍桁对沈从文小说的形式特征所做出的基本判断。那么这里所说的"文体"究竟意指什么呢？韩侍桁解释道："所谓文体，简单地讲，便是叙述的方法。某一种事实被构想出来后，随之就要想到怎样去叙述它，这是自然的进展。因此，无论是怎样的一个作家，因为他自己的性格与其所选择的材料的特异，全是各自有他自己的一种文体。""文体"既然是一种叙述的方法，那么评价一个作家的文体优劣，也就离不开对这个作家的文学语言的析解与品评了。韩侍桁接着论述道："若顺序地读了这位作者前后的作品，我们可以看出他是没有得到良好的发展，他的文字变得越来越轻飘，他的内容变得越来越空虚。""为适合着人们的颂辞，大量地写作，尽力地向着外表上发展，时时苦心地构想出那自己以为颇有深刻意味而又机警的词句。"这些论述直指沈从文小说在文字和词句上的某种不足，可见韩侍桁对沈氏小说的明显不满。那么，又是什么导致了这种不足呢？在韩侍桁看来，导致沈从文小说文字和词句上不足的罪魁祸首，正是他"轻飘的文体"形式："作者为创造自己独有的风格，是需要对于表现的能力有着多时的修炼——这是颇费作者的苦心的。因此，有取巧的作者们，不肯经过这样苦心的修炼，时常取用一种最易于模仿而又轻飘的文体，那虽便于叙述，而是有害于力的表现。现今我们所论着的这位作者，便是这样的。"在阐述了沈从文小说取材范围狭小、文本意义单薄而只是不断变化叙述花样之后，韩侍桁最后下结论说："关于这位作者，我想我们无需多说了，因为以他的以前的空虚的题材与轻飘的文体为证，对于这位作者我们已是失望了。"[5]

韩侍桁和苏雪林的文章都出现在 20 世纪 30 年代上半期，应该算是最早的两篇谈论沈从文小说"文体"问题的文章了。从这两篇文章中我们可以了解到，沈从文早在 30 年代就已博得了"文体作家"的称谓，而这个称谓显示着论者对沈从文早期小说创作并不高妙的一种评价，不言而喻是带着几分讥嘲和贬斥意味的。此种情形，一方面表征着沈从文二三十年代的小说创作与当时的文学主潮并不完全合拍，另一方面也说明了他的文学作品从诞生之期起就有争议性。30 年代批评家对沈从文小说"文体"的贬义性界说，直接影响到了 50 年代文学史家的学术结论，如王瑶在《中国新文学史稿》中就指出，沈从文"作品中不注意写出人物，只用散文漫叙故事，有时很拖沓。他自己说能在一件事上发生五十种联想，但观察体验不到而仅凭想象构造故事，虽然产量极多，而空虚浮泛之病是难免的。他的才能使他在说故事方面比写小说要成功得多"[6]。王瑶的这段评价，虽然没有在沈从文"文体作家"的称谓上作过多纠缠，但论述的无疑仍是沈从文小说"文体"上的问题。在评价沈从文作品"空虚浮泛"这一点上，王瑶与韩侍桁的看法是一致的。

在80年代中后期掀起的"重写文学史"浪潮里，沈从文是受到特别关照的一位。中国现代文学史对沈从文的重写不仅包括对其作品的历史地位和文学价值的重新确认，还包括对"文体作家"这一称谓的内在蕴含的重新书写。在"重写文学史"口号提出之前，从正面来肯定和阐发沈氏"文体作家"称号的学者并不多，即便是在给予沈从文高度评价，并对大陆的中国现代文学史重写产生了重大影响的夏志清那里，对沈从文在小说文体上的表现也是颇有微词的。夏志清指出："虽然这些小说（引者注：指沈从文1924—1928年间的小说），大体说来，都能够反映出作者对各种错综复杂经验的敏感观察力，但在文体上和结构上，他在这一阶段写成的小说，难得有几篇没有毛病的。"[7]夏志清对沈从文的评价，牵涉的对象只是作家起步之期所创作的那些小说，也就是说比韩侍桁所评说的范围还要狭窄，同时也没有韩侍桁的那种"载道"论偏见，因此还是较为客观和公允的。但是，他的观点显然又与30年代人们对沈从文的评价不谋而合，一定程度上强化了"文体作家"的贬义性意味。从20世纪30年代开始直到80年代初，大陆学界对称沈从文为"文体作家"的界说并没有多大改观，而且学者之间的立论也颇有悬殊，虽然有人认可"沈从文的作品文体繁多，不拘常例。他善于组织情节，特别是结尾，常常出现一个突然的转折"[8]；但更多人是站在批评的立场上，责怪沈从文"很多作品都停留在讲故事上，没有塑造出典型人物"[9]。难怪当凌宇在80年代早期着手研究沈从文时，会得出结论说：沈从文在20世纪30年代获得的"文体作家"雅号，其实只是一个"褒贬合一"的称呼。[10]

中国现代文学史的重写不仅受到了夏志清、李欧梵、司马长风、王德威等海外汉学家的影响，还受到了当事人对过去历史重述的牵制。从这个角度上说，沈从文的学生汪曾祺对老师的追忆和阐释，自然也影响到了文学史家对沈从文"文体作家"历史意义的重新评定。在接受李辉的采访时，论及沈从文对佛经的改写时，汪曾祺介绍说："那是他的拟作，受《十日谈》的影响。当时他主要给张兆和先生的弟弟编故事，就拿此作内容，属于试验。但从文体角度来看，他把佛经翻译注进了现代语言，应该说有所创新。这些小说，语言半文半白，表现出他的语言观，我看还是值得重视的试验文体。"当李辉继而追问有关沈从文"文体试验"的细节时，汪曾祺很自然地将沈氏的文学创作移接到西南联大时期，他说："偶尔有这种情况。在西南联大教书时，他曾为了教学的需要而创作一部分作品。另外，他有时还有意识地模仿一些名著，我想他是在揣摩各种体验。他的《月下小景》中有些民歌，我不大相信是苗民歌，完全像《圣经》里的雅歌，像《鲁拜集》中的作品。"[11]很显然，汪曾祺所说的"文体试验"之"文体"，与韩侍桁、苏雪林所称呼的"文体作家"之"文体"，并非同一概念。同时，对沈从文小说"文体"的言说，汪曾祺也不再专注于30年代，而是有意识地将时间拓宽，将人们的视线挪移到对沈从文40年代文学创作的关注上。这种叙事策略，早在沈从文逝世之期，汪曾祺为老师所写的《星斗其文，赤子其人》这篇怀念文章中已有所体现。在该文中，汪曾祺评论沈从文"有些小说是为了教创作课给学生示范而写的，因此试验了各种方法。为了教学生写对话，有的小说通篇都用对话组成，如《若墨医生》；有的，一句对话也没有。《月下小景》确是为了履行许给张家小五的诺言'写故事给你看'而写的。同时，当然是为了试验一下'讲故事'的方法（这一组'故事'明显地看得出受了《十日谈》和《一千零一夜》的影响）。同时，也为了试验一下把六朝译经和口语结合的文体。这种试验，后来形成一种他自己说是'文白夹杂'的独特的沈从文体,在 40 年代的文字(如《烛虚》)中尤为成熟。"[12] 这里不仅是在谈论沈从文 40 年代的"文体试验",而且还将沈从文三四十年代的小说概述为"沈从文体"来加以赞许。汪曾祺的上述评价,对文学史重新阐释沈从文"文体作家"的独特身份无疑起到了重大影响和规划作用。甚至可以这样说,汪曾祺对沈从文"文体试验"的充分肯定,某种程度上正是为此后文学史家赋予"文体作家"以褒奖之意提供的强大理论支持。

20 世纪 90 年代之后出版的中国现代文学史教材,都可以说是从正面塑造沈从文"文体作家"的历史形象的。程光炜、吴晓东等主编的《中国现代文学史》称"沈从文是少有的'文体家'。他对文本形式有着鲜明的自觉意识,在叙事层面寄寓着审美化冲动"[13]。罗振亚、李锡龙主编的《现代中国文学》虽然指出了"文体作家"这一称呼的历史原意,但又从褒义的层面力挺他的"文体家"身份:"沈从文早年获得'文体作家'的戏称,包含着时人对这位'乡下人'的贬义。实际上他灵活穿梭于各种文体,并且创造性地进行了文体间的融合,可以说是一位真正意义上的'文体家'。"[14] 而在新近出版的《中国现代文学发展史》一著中,吴福辉较为机智地传递了"文体作家"称谓早已发生了从贬到褒的历史性转折这一时代信息,他阐述道:"沈从文历来被称为'文体家'。在一个时期内,这个称呼甚至带有贬义,现在我们可以正面对待它。"吴福辉所说的"正面对待",其实就是给沈从文的"文体"自觉以极高的评价与肯定,因此他接着指出:"在小说体式上,他排除了废名式的晦涩和自赏,使得现代的诗体乡土小说生气勃勃,有浓厚的文化积淀、指向。这种小说重视了感觉和情绪,或者说总是将直觉印入物象、人象,注意叙述主体的确立、纯情人物的设置、营造气氛和人事描述的统一,使得叙述灵动而富生气。它并不十分在意人物性格和故事情节的刻意安排,而把'造境'作为叙事作品最高的目标。"[15] 从这段话不难得知,吴福辉是将沈从文奉为中国现代诗化小说创作的典范来进行文学史建构的。20世纪90年代以降，文学史家态度一致地将"文体作家"作为褒义词来称赏沈从文的小说创作，这从一个侧面反映了文学史重写以来以审美性作为文学评价之最高标准的美学观念已经深入人心。

从30年代韩侍桁、苏雪林等人以"文体"为关键词来评述沈从文小说，到今天许多文学史教材仍然沿用"文体家""文体作家"的称呼来概述沈从文的小说艺术，虽然他们使用的关键词没有变换，但稍加思索就会发现，"文体"这个语词在不同的批评家和文学史家那里，其含义并不完全一致。概括起来，在文学史家和批评家的描述中，"文体"一语至少有下述四种含义：第一，指"叙述的方法"。这是评价沈从文小说时"文体"一词被赋予的最初的语意，在韩侍桁、苏雪林那里表现得很突出。对"文体"的这种理解，显然是立于传统叙事学的基点上，将小说看作是讲故事的艺术，因为"故事是小说的基本面，没有故事就没有小说"[16]，所以韩侍桁指责沈从文不会"讲故事"，说他小说中重要的事件"全被作者儿戏叙述的笔调所毁坏了"[17]，以此来否定沈从文小说的艺术水准。第二，指文体上的各种尝试和试验。这是汪曾祺的理解，也符合沈从文"文体不拘常例""故事不拘常格"[18]的创作理念。这种理解强调了沈从文许多小说的非定型状况和在写法上大胆探索与不断创新的精神。在汪曾祺看来，正是因为沈从文在小说艺术道路上的大胆试验、不断求索，才成就了他富有"充满泥土气息"和"文白杂糅"的个性特点的"沈从文"体。[19]第三，指沈从文所创造的诗化小说体式，杨联芬、吴福辉等即持这样的观点。在这种"文体"理解下，沈从文的小说被认为"形成了自己独特的风格——朴讷、平淡和抒情"[20]，有着"显著文化历史指向、浓厚的文化意蕴以及具有独特人情风俗的乡土内容"[21]。第四，指沈从文的跨文体写作生成的独特"文体"形态。罗振亚、李锡龙主编的《现代中国文学》即曰："他灵活穿梭于各种文体，并且创造性地进行了文体间的融合……沈从文的小说营造了诗的意境，糅合了散文的笔法，从而达到纯美的艺术境界。他的散文则汲取了小说、游记等创作方式,成为另一项创造。"[22] 在这种理解下,"文体家"的"文体"就不再专指沈从文的小说体裁了。

综上可知,沈从文"文体作家"的称谓,其内涵的变迁大致经历了 20 世纪 30 年代的贬义时期、"重写文学史"之前的褒贬合一时期和"重写文学史"以后的褒义时期三个阶段,而"文体作家"中"文体"的含义是多重的、游移的,在不同的文学史家和批评家那里有着不同的理解与阐释。

注释:

[1] 钱理群、温儒敏、吴福辉:《中国现代文学三十年》,北京:北京大学出版社 1998 年版,第 283 页。"沈从文"所在的第十三章为吴福辉撰写。

[2] 朱栋霖、朱晓进、龙泉明主编:《中国现代文学史 1917—2000》(上),北京:北京大学出版社 2007 年版,第 214 页。

[3] 朱金顺主编:《中国现代文学史》,北京:北京师范大学出版社 1996 年版,第 204 页。

[4] 苏雪林:《沈从文论》,《文学》1934 年第 3 卷第 3 期。

[5] 韩侍桁:《一个空虚的作者——评沈从文先生及其作品》,《文学生活》1931 年第 1 卷第 1 期。

[6] 王瑶:《中国新文学史稿》,上海:新文艺出版社 1954 年版,第 237 页。

[7] 夏志清:《沈从文的短篇小说》,《文学的前途》,北京:生活·读书·新知三联书店 2002 年版,第 94~95 页。

[8] 林志浩主编:《中国现代文学史》(下),北京:中国人民大学出版社 1980 年版,第 551 页。

[9] 十四院校编写组编著:《中国现代文学史》,昆明:云南人民出版社 1981 年版,第 402 页。

[10] 凌宇:《从边城走向世界:对作为文学家的沈从文的研究》,北京:生活·读书·新知三联书店 1985 年版,第 323 页。

[11] 李辉:《汪曾祺听沈从文上课》,《中华读书报》,2004 年 4 月 14 日。

［12］汪曾祺：《星斗其文，赤子其人》，《晚翠文谈新编》，北京：生活·读书·新知三联书店 2002 年版，第 148 页。

［13］程光炜、吴晓东等主编：《中国现代文学史》，北京：中国人民大学出版社 2007 年版，第 237 页。

［14］罗振亚、李锡龙主编：《现代中国文学》，天津：南开大学出版社 2009 年版，第 205 页。

［15］吴福辉：《中国现代文学发展史》，北京：北京大学出版社 2010 年版，第 249 页。

［16］［英］E. M. 福斯特著，冯涛译：《小说面面观》，广州：花城出版社 1981 年版，第 20 页。

［17］韩侍桁：《一个空虚的作者——评沈从文先生及其作品》，《文学生活》1931 年第 1 卷第 1 期。

［18］凌宇：《沈从文谈自己的创作》，《中国现代文学研究丛刊》1980 年第 4 期。

［19］汪曾祺：《沈从文和他的〈边城〉》，《晚翠文谈新编》，北京：生活·读书·新知三联书店 2002 年版，第 208 页。

［20］杨联芬：《中国现代小说导论》，成都：四川大学出版社 2004 年版，第 189 页。

［21］钱理群、温儒敏、吴福辉：《中国现代文学三十年》，北京：北京大学出版社 1998 年版，第 283 页。

［22］罗振亚、李锡龙主编：《现代中国文学》，天津：南开大学出版社 2009 年版，第 205 页。

（原载《民族文学研究》2012 年第 1 期，人大复印资料 2012 年第 4 期全文转载）

张恨水小说的现代性与反现代性

　　张恨水是20世纪中国文学史上的一大奇观。他的作品比其他新文学作家的都多，在近五十年的创作生涯中，他写出了120多部中长篇小说，字数在2 000万以上；他的读者范围最广，从上流阶层到平头百姓都曾争相传阅他的长篇小说，这使他成了"国内唯一妇孺皆知的作家"[1]；在文化品位上，他打通雅俗，融会传统与现代，在艰难和坚韧之中，静悄悄地进行着传统文学的现代转型。无论是从创作数量、读者群体来看，还是从作品本身的文化品位上来说，张恨水都应该在文学大家之列。但当我们翻读现代文学史著述时，又不难发现，长期以来，文学史家对张恨水的评价并不甚高，原因也许在于：张恨水走了旧派小说的老路，创作的多半是章回体的通俗小说，明显不属于新文学阵营；而且其作品中的许多主人公脱不了才子佳人的窠臼，他们还遵循着传统的伦理道德规范和准则，并不是投身革命洪流的热血青年。从旧有的文学现代性尺度来衡量，张恨水显然不够分量。因此，他的文学史地位的持续走低，便在情理之中了。近些年来，由于市场经济的形成和消费时代的来临，张恨水的地位有所上扬。即便如此，丈量张恨水文学世界合适的尺子却一直未能找到，对他的文学史地位的确定至今仍是一个悬而未决的问题。那么，如何才能正确理解和认识张恨水文学世界的独特魅力呢？如何确立他在中国现代文学史上的真实地位和价值呢？按照评定新文学作家的那种现代性尺度来评定张恨水，显然无法将他艺术世界的所有风采全部照亮。因此，我们有必要调整我们的文学史观念。我们必须充分认识到，张恨水是一个矛盾的集合体，他的生活世界和艺术世界并不是同步的，传统和现代这两股精神力量时刻在他的心中碰撞着、纠缠着：为了维护传统，发挥传统文学形式和伦理价值观念在现代社会中的有效作用，他理性地拒斥了某些现代性的东西；为了加强自己的文学创作和现实的密切关联，他又不断将现实社会中获得的各种现代体验和感受渗入到文学作品之中。现代与反现代，就这样奇迹般地并置于他的生命世界和文学世界之中，使他的文学作品充满了艺术的张力。下面我们将从现代和反现代的张力这个角度进入张恨水的生命与创作领地，希望能够用这把钥匙打开他艺术世界的大门。

两重人格：文人情怀与报人身份的组装

和五四时期的绝大多数知识分子一样，在进入文学创作领地之前，张恨水接受的是传统教育，在私塾学馆里，他首先接收了来自《论语》《孟子》和《左传》这些儒家经典所发射出的文化信息。一个偶然的机会里，他读到了古典小说《残唐演义》，后又阅读了《红楼梦》与《三国演义》，他被这些小说的艺术魅力所吸引，每每"看得非常地有味"[2]，从中"领悟了许多作文之法"[3]。早年对儒家经典和古典小说的阅读与学习，为张恨水日后的文学创作奠定了基本的伦理价值基础，也规划了基本的写作套路。加之张恨水家境苦寒，没有机会漂洋过海去直接接受西方文化的洗染，西方思潮无法大量进入他的思想领地，较为纯粹的传统文化的因子次第累积起来，逐渐积淀为他理解社会人生的最主要的思想基点和价值尺度。

对于自身存有的传统文人气质，张恨水有着可爱的坦白，他直言不讳地说自己是"礼拜六的胚子"，在新旧文化的更替时期，他明确意识到自己具有"两重人格"："由于学校和新书给予我的启发，我是个革命青年，我已剪了辫子。由于我所读的小说和词典，引我成了个才子的崇拜者。这两种人格的溶化，可说是民国初年礼拜六派文人的典型。"[4]有形的辫子剪去了，这只是形式上的追随时代；但一根无形的发辫却无法从心灵的空间剃剪，这根无形的发轫就是深入张恨水生命骨髓中的传统文人情怀。因此，这情怀在他的小说天地里持续漫延开来，从作品主人公身上不断散发出来。郁达夫说"小说是作家的自叙传"，在张恨水的小说《春明外史》里，主人公杨杏园显然有着夫子自道的味道，追索这个人物的言语行动，就可以捕捉到张恨水心灵世界的踪迹。如第二十九回"临水对残花低徊无限 倚松对瘦竹寄托遥深"，杨杏园故地重游，不免浮想联翩，感慨万千：

> 这个地方，本很僻静，一个人也没有。他在杏树底下，徘徊了一阵子，想起来了，前两年在这地方，曾和朋友游过，有一株杏树不过一人来高，还说他弱小可怜呢，那正是这株树。今日重逢，不料有这样大，真是树犹如此，人何以堪了。一个人扶着树的干子，痴站了一会。风是已经住了，那树上的花，还是有一片没一片地落下来，飘飘荡荡，只在空里打翻身，落到地下去。杨杏园便念道："叶暗乳鸦啼，风定老红犹落。"又叹道："这地方，渺无人迹，就剩下这一树摇落不定的杏花，它像我这落拓人群、飘（漂）泊无所之的杨杏园一样啊。这树杏花虽然独生在这野桥流水的地方，还有我来凭吊它，只是我呢?"想到这里，长叹了一声，便在杏花旁边，找一块干净的石头坐了下来，两只腿并着曲站起来，两只胳膊撑着膝盖托着脸望着杏花出神，不知身在何所。

这段文字体现了典型的中国传统文人感时伤怀的情感特征。从大处说，这是一种"先天下之忧而忧，后天下之乐而乐"的济世情怀；从小处讲，这又是一种悲天悯己的忧患意识。杨杏园就是张恨水的艺术化身，他这种济世情怀和忧患意识，表露的正是张恨水的人生观与世界观。

在现实中，张恨水是作为一个报人而生存着的。自1918年承担《皖江日报》工作开始，张恨水毕生从事的正式职业就是记者和编辑，文学创作不过是他操持的一种副业而已。一项职业选择看似偶然的，其实又包含某种必然性。长期的报业生涯事实上保证了张恨水"革命青年"的时代性特征，与他文学世界的传统文人情怀相得益彰。张恨水曾说自己："作为新闻记者，什么样的朋友都结交一些。"[5]可见，办报、做记者、写新闻，这是张恨水接触社会、融入现实、展示现代生存的外在显现形态，报人身份也为他给自己的文学创作不断输入现代性的成分提供了必要的保证，从而使他不致因写作才子佳人式的旧式言情小说而逸出现实社会的运行轨迹。与此同时，因为有对现实中各种社会弊端的及时观察、了解与熟悉，张恨水更真实地洞察到传统的伦理道德观念在现实社会的有用价值，他不遗余力地在自己的作品中刻画传统意义上的知识分子形象，渲染自己的文人情怀，这正体现了他对传统人文精神的深刻理解与自信。文人情怀与报人身份，前者有着反现代倾向，后者又必须与现代社会热烈拥抱在一起，两者看似矛盾的特征统一于张恨水一人之身，从而凸显了他的两重的人格个性，使他成为中国现代文学艺苑中的一株奇葩。

"副刊"文化：传统与现代的神妙遇合

张恨水的大部分小说属于章回体，每一回目写成以后，都是通过在报纸副刊上连载的形式迅速与读者见面的。他的第一部成功的作品《春明外史》，首先刊载在《世界晚报》的副刊《夜光》上；其成名作，拥有112回长达80万字的《金粉世家》，由《世界日报》副刊《明珠》花五年多的时间刊载完；还有《啼笑因缘》《八十一梦》等，都无一例外地采用了这种副刊连载的方式。张恨水发表小说的独特形式，给中国现代文学在生产与消费的市场运作上提供了一个成功的范例。章回体与报纸副刊的联姻，使20世纪中国文学出现了一种新的文化景观——"副刊文化"。这种文化既体现了现代化的特征，也含有传统文化的成分，是传统与现代的神妙遇合。分析这种文化现象，对我们深入理解张恨水小说的社会价值和文化意义是很有帮助的。

报纸是现代文明的产物。工业革命以来，随着印刷技术的突飞猛进，印刷业迅速成为西方国家的一种新兴产业，并很快被世界各国吸纳与采用。创办报纸便是印刷产业中较为普遍的形式，一页小报辑录了世界各地、各种人文和风俗习惯以及新近出现的逸闻趣事和战争风云，市民通过阅读报纸，获得及时的信息消费和精神满足，报业人员也通过报纸的发行获取一定的经济效益，这是一种成本不高而收效很快的现代产业。中国近代时期，报刊产业出现了比较蓬勃的景象，仅就白话报纸而言，从 1887 年《申报》发行《民报》开始，在短短的十年之内，白话报纸就已经超过了一百种。最初的白话报还是以"宣传改良，开启民智"为基本指导思想的，因此走着官督商办和官商合办的路子；到近代末期尤其是五四运动以后，随着报刊产业的独立和办报商业化情形的出现，各家报馆便开始在报纸的内容与形式上进行大胆的改进——增强报纸的文化含量和娱乐气息，用以招揽更多的读者，也就成了各个报业人员不断筹划的目标和方向。文学副刊的出现，便是报纸改进所带来的一种结果。在社会新闻之外，报纸专辟一块天地来发表短小的文学作品，使得消费者在浏览报纸时，既可从大小新闻中获得社会信息，又能从文学作品里获得审美愉悦。花一份小钱就可以获得双重的享受，何乐不为呢？副刊的开辟，自然使报纸的消费群体不断扩充起来。同时，章回小说与副刊联手，更增强了报纸的吸引力：章回小说故事性强，每一回目自有一个相对完整的情节，每一回目又留下若干悬念，为下一回目的展开做好铺垫——"要知后事如何"，买了这张报纸之外，你还得去买下一张；副刊版面的章回体连载方式，稳定了读者，开拓了市场，神奇地带动和促进了报纸业的不断发展。

当然，副刊与章回小说的两手相牵，还得益于报业人员对大众审美心理的准确把握。中国古代章回小说从话本和演义衍化而来。话本和演义在古代早就具有阔大的市场，鲁迅说："宋之平话，元明之演义，自来盛行民间。"[6] 这些盛行于民间的艺术形式显然积聚着民间的聪明才智，反映着大众的审美理想。这样，在此基础上经过文人改造而产生的章回体小说也就较为适合人们的欣赏口味，为中国老百姓所喜闻乐见。也就是说，章回小说有着传统文化的精神烙印，是一种较受群众欢迎的传统的文学表现形式，在这种文体的周围，聚集着大量的读者群体。章回体小说之所以能与副刊一拍即合，是因为这种文学形式有着深厚的群众基础，并蕴藏着传统文化的精神魅力。虽然市场是一只"看不见的手"，它按照经济运作的客观规律暗自进行着利益分配；但报刊的销量却是可以计算的，对于报刊产业来说，抓住了读者也就等于抓住了市场。既然人们爱看章回体小说，登载它就意味着捕获了读者的心，也就意味着报纸销量的不断攀升，如此美差有谁会不乐意为之呢？

也许许多新文学作家都未能弄明白，为什么五四运动极力抨击的"鸳鸯蝴蝶派"的旧式小说，在张恨水这里不仅没有被打倒，甚至比新文学更有市场、更受读者的青睐？在 20 世纪 30 年代张恨水的小说《啼笑因缘》极为畅销的时候，曾有读者就旧小说为什么仍然很有市场的问题就教于新文学作家夏征农。夏氏首先否认了这部小说的社会意义和艺术价值，"《啼笑因缘》，就其社会的意义上说，就其艺术的评价上说，均是失败的，它只浮浅地摄取了一些片段的社会背景，丝毫不曾加以选择，加以精炼，而提示出那一特定社会生活的特征"[7]。既然如此，那么这部小说凭什么来打动读者呢？夏征农解释说："《啼笑因缘》所摄取的，虽然是些浮雕，但这样融合'上下古今'千余年的不同的生活样式于一处，正是它能迎合一般游离市民的脾胃（的）地方。《啼笑因缘》的读者，无疑的正是那些游离不定的市民以及一般有闲者。""在大动乱的时代内，在从某一社会到另一社会的过（渡）期内，小有产市民层常是一方面纸醉金迷的高级生活，另一方面追寻却在毒恨当前（的）万恶社会。在《啼笑因缘》内，对于这种群众心理，却恰巧投射了一副兴奋剂。"[8]夏征农显然犯了价值和结论先定的逻辑错误，他不认可张恨水小说受群众欢迎的正常性与合理性，只是从读者品位低下和作品取悦读者的方面来解说《啼笑因缘》畅销的原因，没有将报刊业、章回体所蕴藏的有关传统与现代遇合的奥妙揭示出来，因而他的解释是不圆满的，甚至显得有些武断，并不能让人完全信服和接受。

两种文本："红楼梦"体与"儒林外史"体

张恨水的小说题材丰富、品种繁多，涉及言情、武侠、探险、抗战和社会问题等。在这诸多的文本形态中，尤以两种最为突出：一种是"红楼梦"体的社会言情小说，另一种是"儒林外史"体的社会讽喻小说。前者的代表作品是《金粉世家》，后者的代表作品是《八十一梦》，我们可以通过分析这两部作品来把握张恨水小说的基本价值取向和艺术特色。

《金粉世家》是张恨水写作的一部有里程碑意义的长篇小说，它的刊载和发行，迅速扩大了张恨水著作的社会影响，极大提高了张恨水的文学声誉。张恨水本人也很看重它，在20世纪40年代末期所写的《写作生涯回忆》一书中，他如此叙述这部小说的社会影响程度："在我写完之后，对于书销行的估计，我以为是在《春明外史》以下的。可是这十几年的统计，《金粉世家》的销路，却远在《春明》以上。这并不是比《春明外史》写得好到那（哪）里去，而是书里的故事轻松，热闹，伤感，使社会上的小市民层看了之后，颇感到亲近有味。尤其是妇女们，最爱看这类小说。我十几年来，经过东南、西南各省，知道人家常常提到这部书。在若干应酬场上，常有女士们把书中的故事见问。"[9]这段话在必要的谦虚之外流露了作者志得意满的情绪。按照作者的意思，《金粉世家》的"重点在这个'家'上"，小说以北伐战争前中国的社会文化状况为历史背景，着重写了北京金姓内阁总理繁华绮丽的大家族的生活情形。借"六朝金粉"的典故铺叙一代豪门贵族从兴盛到衰败的历史："这书里写了金铨总理一家的悲欢离合、荒淫无耻的生活，以金燕西和冷清秋一对夫妇的恋爱、结婚、反目、离散为线索贯穿全书，也写了金铨及其妻妾、四子四女和儿媳女婿的精神面貌和寄生虫式的生活。"[10] 在表现家族兴亡这一主题上，《金粉世家》显然是直接承继着《红楼梦》，这一点早在 40 年代就为研究者所指出，徐文滢在《民国以来的章回小说》一文中写道："承继着《红楼梦》的人情恋爱小说，在小说史上我们看见了《绘芳园》《青楼梦》等等的名字，则我们应该高兴地说，我们的'民国红楼梦'《金粉世家》成熟的程度其实远在它的这些前辈之上。《金粉世家》有一个近于贾府的金总理大宅，一个摩登林黛玉冷清秋，一个时装贾宝玉金燕西，其他贾母、贾政、贾琏、王熙凤、迎春、探春、惜春诸人，可以说应有尽有。……作者张恨水，在描写人物个性的细腻及布局的精密上是做得绰绰有余的。作者所有作品中也唯有这部是用了心血的精心杰作。"[11] 这部小说，借用传统的社会言情题材明确表达了对传统价值观念的伸张，小说着意刻画的主人公冷清秋就是传统文化的代言人，在她身上集合了中国传统女性的许多美好品质：素淡的生命格调，独立于社会之中而自甘寂寞，平淡对待世间纷纭万事，同情下层人的生活境遇也洁身自好，深受传统文化的熏染而感世伤怀、悲天悯人。冷清秋不像鲁迅《伤逝》里所写的子君那样，走出传统的藩篱，大胆地拥抱现代思想，她的思想是以传统为基本框架而搭建的；不过，在传统思想的主体之中，冷清秋也开始具有了某些现代性的意识。例如，小说第九十四回，当得知金燕西要随同白秀珠一起出洋时，冷清秋对金太太说："夫妇是由爱情结合，没有爱情，结合在一起，他不痛快，我也不痛快，一点意思也没有，倒不如解放了他，让他得着快乐。"这里体现的是一种新的爱情观，不是那种"嫁鸡随鸡，嫁狗随狗"的取消女性个体存在意识的传统爱情理念，而是强调爱情自主、婚姻自由的新思想。当她对金燕西彻底失望后，非常理智地说道："我为尊重我自己的人格起见，我也不能再向他要求妥协，成为一个寄生虫。我自信凭我的能耐，还可以找碗饭吃；纵然，找不到饭吃，饿死我也情愿。"这更明显表露了女性作为一个生命个体要寻求独立、自由与解放的现代性自觉。从冷清秋这个人物身上，我们可以看到张恨水"红楼梦"体小说的某种特征，那就是，作家主要把持的是传统的道德伦理观念。张恨水小说中的主人公（除冷清秋外，还包括《春明外史》中的杨杏园、《啼笑因缘》中的樊家树等），多是深受传统文化影响而具有许多传统的道德价值观念和人文精神的人物形象。也就是说，他们的思想以传统观念为主体，还不具备充分的现代性色彩，甚至还有着维持传统、抵制现代的反现代性思想倾向。不过，他们受时代的感召和新思想的冲撞，已经开始具有了某些现代性的意识和理念。

张恨水的另一部小说《八十一梦》，显然有《儒林外史》之风。鲁迅认为《儒林外史》的讽刺艺术达到了登峰造极的地步，他曾指出："迨吴敬梓《儒林外史》出，乃秉持公心，指摘时弊，机锋所向，尤在士林；其文又戚而能谐，婉而多讽。于是说部中乃始有足称讽刺之书。"[12] 社会讽喻小说《八十一梦》借鉴了《儒林外史》的讽刺谴责手法，以犀利的文笔，对社会上存在的多种人物和现象进行了辛辣的讽刺与调侃，其中包括贪官污吏、重庆社会的暴发户、议而不决的空谈家、只顾个人而不考虑民族的自私自利者、崇洋媚外者、口是心非的假面人、苦闷的小市民等。小说所写的人物，许多是古代历史和小说中的典型形象，这些形象大都已构成传统文化的原型，比如孙悟空、猪八戒、西门庆、潘金莲、子路、伯夷、叔齐、廉颇等。作者只是借用了这饱含传统文化精神的名词的能指符号，去除了它们的所指意义，表面上是旧时代的人物，实际是新社会中穿着"伪装"的嘴脸。作者用这种借尸还魂的时空错置表现手法，为小说增添喜剧效果，深化了讽刺的力量。比如写猪八戒，在天堂之国里，这位猪先生坐上了警察署署长的宝座，他营私舞弊、贪赃枉法，为所欲为，除了迎娶高老庄的高夫人外，他还娶了几房姨太太，生了一大群孩子，靠自己的"死工资"无法养活这些人，他便利用职权，以查办走私为名，私自囤积私货，大捞外快。很显然，作者借用古典的人物形象，表现的是现实的内容，在嬉笑怒骂之中，凸显着浓厚的现代性。另外，在文本构成上，《八十一梦》与《儒林外史》也极为相似，鲁迅说《儒林外史》实际上是短篇连缀而成的："惟全书无主干，仅驱使各种人物，行列而来，事与其来俱起，亦与其去俱讫，虽云长篇，颇同短制。"[13]《八十一梦》也是这样，没有贯穿始终的故事主人公，每一个梦都是一个独立的短篇，通过梦这种非理性的方式将不同时空的人组合在一起，他们各自代表了现实社会中的各种生命形态，聚合在一起呈现出琳琅满目的众生相。《八十一梦》这部小说因为鲜明的现代性特征和强烈的现实批判精神，引起了人们较大的阅读兴趣，无论在国统区还是解放区，都很受欢迎。这部小说很明显与张恨水以往的写作路数不一致，它的成功体现出张恨水写作才华的多样性，其价值是值得我们充分肯定的。当然也有学者对张恨水的写作"转向"提出了异议，如陈平原先生就认为："我们的文学史家盛赞张恨水放下《春明外史》《啼笑因缘》的路数，转而写作'思想进步'的《八十一梦》《五子登科》，殊不知这一转丢了张恨水作为通俗小说家的特色和才华，令人不胜惋惜。"[14]陈平原其实只说对了一半，写《八十一梦》确实使张恨水丢失了某些特色，但能让他的讽刺、调侃的手法与借古讽今的艺术表达天分发挥得淋漓尽致，而且通过这种独特的表达策略，张恨水的现代思想得以从一个特殊的孔道伸展出来，从而成功地完成了与时代的对接。这种对接对张恨水来说是意义重大的，因为他从写《啼笑因缘》开始就下决心要赶上时代，这个人生目标终于在写《八十一梦》与《五子登科》等小说时实现了。

文学史定位：困惑与对策

长期以来，我们的文学史在评述现代时期的写作概貌时，都是从西方文论系统中搬用大量的话语来进行言说的：谈文学思潮便万变不离现实主义、浪漫主义、自然主义、表现主义等，谈作品主题和人物形象也无非就是"自由""民主""进步""解放"

"新生""反抗"等词语的轮番出场。离开了这一套话语体系，我们的文学史家就会感到表达上的束手无策和概括中的举步维艰。这种现象被学者命名为"中国文论失语症"。中国现代文学史对张恨水历史地位的评定一直存在极大的困惑，对他丰富的艺术世界也长期找不到准确的语词加以归纳和概括，这就是"中国文论失语症"的一个典型例子。

的确，从前文的分析中我们已经认识到，张恨水的文学表达不是由五四新文化运动直接催生出来的，不在新文学派的系列之中，因此西方文学理论术语，无论是现实主义、浪漫主义、自然主义，还是唯美主义、象征主义、新感觉，都无法准确传达其艺术世界的精神实质。这样，如果我们只是站在这些语词所圈定的视野里来搜寻张恨水的踪影，恐怕只能是徒劳无功。令人不解的是，我们的文学史家就恰好一直站在这样的视野里来认识和评价中国现代文学的历史。这样，一代文学大家张恨水不幸地被沉埋了大半个世纪，始终得不到文学史的正式确认和系统阐发，或者只是作为"鸳鸯蝴蝶派"这种新文学的逆流而被打入历史的另册。对张恨水评价的失当，说到底就是我们文学现代性理解上的偏执所造成的。我们只承认移植西方文学方法所创构的艺术世界这种追随西方现代化的现代性，却不承认继承传统并将其发扬光大的这种有着反现代性倾向的文学创作现象也是一种现代性。现代性是一种"文化间性"（汪晖的观点），当我们谈论文学现代性时，既要考虑一般，又要照顾特殊，尤其是在思考中国文学的历史事实时，我们必须既要尊重现代性意义的普世性，又要看到中国文化建构中的自主性；既要看到中国文学追随西方现代化的坚实脚步，也要看到抵制全盘西化、坚守传统的价值立场和人文精神并力图将其发扬光大的身影。作为通俗文学大家的张恨水（其实说他的作品是属于"通俗文学"的说法也不甚恰切，因为其中隐含着将新文学派自动认作现代文学主流和正统文学的代表这样的意思），是 20 世纪中国文学由传统向现代转型的典型代表，他"徘徊于旧营垒，窥视着新观念，依附于俗趣味，酝酿着雅情调，留连于旧程式，点化着新技巧"[15]。总之，他是一个传统的文人，但又不断吸收着现代的意识，认同传统并试图将其加以现代转换。在他的文学世界里，有着浓厚的反现代性的倾向，但又时时透射出现代性的光亮，现代与反现代同在他的小说之中，都是构成他的小说艺术价值和神奇的美学魅力的原因所在。所以，笔者认为，从现代与反现代的张力角度来重新定义中国文学的现代性特征，并以此来烛照张恨水的文学世界，是能够看到张恨水在中国现代文学史上的特殊意义和重要价值，并给他的文学史地位加以确切的评定的。

注释：

[1] 老舍：《一点点认识》，《新民报》，1944 年 5 月 16 日。

[2] 张恨水：《写作生涯回忆》，太原：北岳文艺出版社 1993 年版，第 12 页。

[3] 张恨水：《写作生涯回忆》，太原：北岳文艺出版社 1993 年版，第 14 页。

[4] 张恨水：《写作生涯回忆》，太原：北岳文艺出版社 1993 年版，第 16 页。

[5] 张恨水：《我的创作与生活》，《文史资料》1980 年第 70 期。

[6] 鲁迅：《中国小说史略》，上海：上海古籍出版社 1998 年版，第 5 页。

[7] 夏征农：《读〈啼笑因缘〉——答伍臣君》，魏绍昌编：《鸳鸯蝴蝶派研究资料》，香港：生活·读书·新知三联书店香港分店 1980 年版，第 64 ~ 65 页。

[8] 夏征农：《读〈啼笑因缘〉——答伍臣君》，魏绍昌编：《鸳鸯蝴蝶派研究资料》，香港：生活·读书·新知三联书店香港分店 1980 年版，第 65 页。

[9] 张恨水：《写作生涯回忆》，太原：北岳文艺出版社 1993 年版，第 42 页。

[10] 张恨水：《我的创作与生活》，《文史资料》1980 年第 70 期。

[11] 徐文滢：《民国以来的章回小说》，《万象》1941 年第 1 卷第 6 期。

［12］鲁迅：《中国小说史略》，上海：上海古籍出版社 1998 年版，第 155 页。

［13］鲁迅：《中国小说史略》，上海：上海古籍出版社 1998 年版，第 156 页。

［14］陈平原：《小说史：理论与实践》，北京：北京大学出版社 1993 年版，第 276 页。

［15］杨义：《张恨水：文学奇观和文学史困惑》，《张恨水名作欣赏》，北京：中国和平出版社 1996 年版，第 2 页。

（原载《现代性及其不满：中国现代文学的张力结构》，银川：宁夏人民出版社 2007 年版）

叶嘉莹的文学研究与英美新批评

加拿大籍华人学者叶嘉莹先生从事中国古代文学研究已有半个多世纪，先后出版的著作有《杜甫秋兴诗八首集说》《王国维及其文学批评》《迦陵论诗丛稿》《迦陵论词丛稿》《唐宋词名家论稿》《清词丛论》《古典诗词讲演集》《汉魏六朝诗讲录》《唐宋词十七讲》《我的诗词道路》《灵谷奚词说》等，是一位在当今享有很高的国际声誉的海外汉学家。她早年在台湾学习和工作；20世纪60年代赴美任密歇根州立大学、哈佛大学客座教授；后定居加拿大温哥华，任大不列颠哥伦比亚大学终身教授；1989年退休后，当选为加拿大皇家学会院士。自20世纪70年代末返大陆讲学，先后任南开大学、四川大学、北京师范大学等高校之客座教授，南开大学中国文学比较研究所所长及中国社科院文学所名誉研究员。

叶嘉莹先生学贯中西，她不仅接受过系统的国学熏陶，熟悉中国古代文学作品和文艺理论，而且也较为熟悉西方20世纪文论。在众多的西方现代文论中，新批评理论对叶嘉莹古典文学研究的影响无疑是最大的，这不仅是因为40年代当叶嘉莹初次步入古典文学研究殿堂时，正值英美新批评这种批评范式在欧美极为盛行，并迅速为世界各国的学者所采纳之机；更是因为新批评的一些研究方法和学术理论，如细读法、文本自足论、张力论、反讽论等，为她的研究创设了一个崭新的观照视角，搭建了一个治学的知识平台，并促使她在对中西文艺理论的不断比照、深刻反思中，通过调和中西、各取所长，从而逐步形成了研究古典文学的独具个性的学术观念和研究风格。

一

叶嘉莹1924年出生于燕京旧家，自幼就蒙学父母亲，接受传统文化的熏染和启发。后移居台湾，40年代从辅仁大学国文系毕业，攻读古典文学专业，在一些名师的指导下系统学习了中国古代文学。通过系统的专业学习，叶嘉莹打下了深厚的国学基础，对古代文学批评方法的学习和掌握为她进入古典文学研究领域作了充分的理论准备。同时，叶嘉莹从不把自己封闭在传统的文学批评范式中，而是敏锐地感知到西方理论对于文学研究的重大意义，并时刻注意向西方学习，注意对西方现代文论的移植和借鉴。在谈到对西方理论的理解时，她曾说："我不赞成死板地套用西方理论，但是我认为，西方理论可以使我们多一个思考的角度，可以给我们很好的启发。"[1]这种开放的学术胸襟也许是叶嘉莹在漫长的研究生涯中不断获得学术生长点的重要原因。叶嘉莹在台湾从事教学和科研的五六十年代，是她古典文学研究的起步阶段。那个时候台湾学术界正在掀起"现代派"的热潮，这股热潮对她的学术研究造成了很大的影响。据叶嘉莹回忆，五六十年代在台湾正是"西风"劲吹的时候，当时，一些大专学校的师生创办了几种文艺性刊物，如《文学杂志》《现代文学》《剧场》等，对欧美现代派的作者、作品及新批评理论做了大量的翻译和介绍工作。"西风"劲吹之下，文学创作和文学研究都留下了"现代派"影响的印迹。受这股"现代派"风潮的影响，叶嘉莹也开始接受新批评理论，尝试把它运用到古典文学研究之中。从此，她便与新批评理论结下了不解之缘，新批评因此成了她观照古代文学的一个极为重要的理论视角。

在对文学作品的阐释过程中，新批评理论一向主张"文本自足"。这种理论认为，每一个文学文本都是一个独立的意义世界，与创作者无关，也与读者和批评家无关。新批评理论家维姆萨特和比尔兹利曾经指出，诗歌不是批评家自己的，也不是作者自己的，"它一生出来，就立即脱离作者来到世界上。作者的用意已不复作用于它，它也不再受作者支配"，这样，我们能进入诗歌世界的途径只有它的语言，因为"它是通过语言这个特殊的公有物而得到体现"。[2] 为了把握文本的意义，我们就必须对语言进行细读，细读法也就成了新批评最基本的研究方法。"细读"用英语写作"close reading"，在英语中，"close"既有"接近的、靠近的、彻底的"意思，又有"封闭的、关闭的"意思。也就是说，新批评要求文学研究者把文本封闭起来加以研读，尽可能地排除作者与读者（"主观"的读者）等因素的干扰，只对组成诗歌的各个语词进行细致的考察，来确定诗歌的意义。受新批评"文本自足"理论和细读法的影响，叶嘉莹在研究过程中，始终注重对文学作品的语言作精微的分析，通过文学语言揭示出文本所潜藏的美学信息，让人领会到文学的无穷奥秘。例如，她分析李商隐的《锦瑟》一诗，通过逐字逐句的品读，读出了这首诗丰富的内涵和美妙的意味。我们不妨摘抄几句，看看她是如何解读该诗的头两句的：

首句"锦瑟无端五十弦"，"锦瑟"二字，《朱注》引《周礼·乐器图》云："饰以宝玉者曰宝瑟，绘文如锦者曰锦瑟。"是锦瑟乃乐器中之极精美者。至于"五十弦"三字，则《朱注》引《汉书·郊祀志》云："泰帝使素女鼓五十弦瑟，悲，帝禁不止，故破其弦为二十五弦。"则是五十弦瑟乃乐器中之极悲苦者，以如此珍美之乐器，而竟有如彼悲苦之音者，此真为一命定之悲剧，然而谁实为之？孰令致之？此所以为"无端"也。在本句中，"无端"二字乃是虚字，然而全句的悲慨之意，却正是借着这两个虚字表达出来的。"无端"二字乃是无缘无故之意，所谓"莫之为而为者，天也"，锦瑟之珍美与五十弦之悲不可止，在此"无端"二字的结合下，乃形成了一种莫可如何的悲剧之感，于是以锦瑟之珍美乃就命定了要负荷此五十弦繁重之悲苦，正如以义山心灵之幽微深美，却偏偏有如彼不幸的遭遇和如彼沉重的哀伤，这都同样是无端的命定的悲剧，所以说"锦瑟无端五十弦"也。至于下面的"一弦一柱思华年"一句，则以两个"一"字与下面的"思"字相承，似乎在述说着一些追思中的繁琐的事项。如果以上一句的"五十弦"三字，为某种禀赋极珍美而负荷极繁重的生命之象喻，那么这句的"一弦一柱"就该是此一生命弹奏出的每一乐音，而每一乐音所象喻的则是生命中的每一点前尘、每一片旧梦。所以说"一弦一柱思华年"也。[3]

从这段文字中我们可以看到，叶嘉莹对诗歌的研究着眼于对诗句的每一个字眼的解剖、赏析，通过分析同一诗句之间和上下句之间语词的意义联系，敞现了李商隐《锦瑟》一诗的丰富内涵。在《一组易懂而难解的好诗》一文里，叶嘉莹以诗歌的"多义性"与感情的"基型"为逻辑线索，对《古诗十九首》的艺术特色展开评述，这种思维路向显然受到了新批评关于文学作品是复杂性与统一性相协调的有机整体这一观念的影响。新批评的"有机整体论"是与文本自足观密切关联的：因为文本自足，所以我们必须把它看作一个有机整体；只有作品自身构成了一个有机整体，才能反过来证明文本自足理论的正确性。所谓有机整体，是指文学作品既是丰富、深刻、多样化的，又是"杂多"的统一。也就是说，在新批评看来，优秀的诗歌应具有复杂性，新批评理论家创造了许多词汇来命名这种复杂性，如"含混"（燕卜荪）、"张力"（塔特）、"悖论"（布鲁克斯）、"反讽"（布鲁克斯）等；与此同时，优秀的作品往往又具有统一性，能把这些复杂多样的构成因素有机地统一在一个文学文本之中。文学作品的统一性和复杂性是相辅相成的，统一是复杂的统一，复杂是统一的复杂，兰塞姆曾以"骨架—肌质"原理来概括诗歌的意义结构，表达的就是这种观念。从新批评的"有机整体论"这一观念出发，叶嘉莹看到了《古诗十九首》之所以优秀，正在于其诗歌含意的"多义性"（复杂性）与感情的"基型"（统一性）之间的有机结合。

在新批评理论家的著述里，"张力（tension）"是一个使用频率极高的术语。什么是张力呢？新批评理论家认为，"它是通过去掉外延（extension）和内涵（intension）这两个逻辑术语的前缀得来的"[4]。新批评理论为什么特别看重诗歌的张力呢？这是因为他们把具有张力作为一首好诗的重要标准，"张力理论"的提出者艾伦·塔特甚至这样认为："诗的意思就是它的'张力'，即我们能在诗中发现的所有外延和内涵构成的那个完整结构。"[5]叶嘉莹借用"张力理论"来分析欧阳修的《玉楼春》（《玉楼春》：雪云乍变春云簇，渐觉年华堪送目。北枝梅蕊犯寒开，南浦波纹如酒绿。芳菲次第还相续，不奈情多无处足。尊前百计得春归，莫属伤春歌黛蹙），取得了有效的阐释效果。她说："春光到底是怎么美好呢？欧阳修说是'北枝梅蕊犯寒开，南浦波纹如酒绿'。你们要注意他这两句里所包含的遣玩的意兴。在欧阳修的词里边有一种双重的张力，一层是他本身对忧患苦难的体认，一层是他要从这些忧患苦难之中挣扎出来的努力。"[6]这一阐述是相当精彩的，也是极为深刻的。通过叶嘉莹的这一阐发，我们就能清楚地窥探到欧阳修沉着悲哀与豪放享乐交织在一起的真实的心灵世界，从而对古代文人的生存困境和文化心态也有了一个具体的认识和准确的把握。

此外，叶嘉莹还在《燕台四首》一文中强调了诗歌中的意象与用字之感性的分析，在《从比较现代的观点看几首中国旧诗》一文中提出将"意象""架构""质地"三者作为欣赏诗歌的标准，在《几首咏花的诗》一文中称述两首《落花》诗之"偏重感觉"与"超越现实"的成就，在《李义山〈海上谣〉》一文中以"意象"与"神话"所可能提示的"象喻"为解说诗歌之依据。这些研究文章中所凸现出来的批评观念和批评方法，可以说都与新批评理论有着相合之处。由此可见，英美新批评理论已经渗透到了叶嘉莹的文学研究之中，成为她基本的学术思维方式和文学批评方式。

二

　　新批评理论不仅给了叶嘉莹研究方法上的导引，也促发了她对中西文论持续的对比与反思，影响了她的学术思想和学术观念的最终形成。我们知道，新批评是一种形式主义批评方法，受到实证主义哲学的深刻影响，十分讲求学术研究的实证性与客观性。艾略特指出："诚实的批评和敏感的鉴赏，并不注意诗人，而注意诗。"[7] 兰塞姆也主张："批评一定要更加科学，或者说要更加精确，更加系统化。"[8] 塔特认为："在诗里边我们得到的是一个关于完整的客体的知识。"[9] 叶嘉莹从新批评的这种讲求客观实证的理念出发，对古代文论中的"知人论世"观提出了自己的思考。在传统文论里，"知人论世"的批评模式是与儒家的伦理本位观念、传统文学批评对作家的创作背景和创作动机的看重等思想密不可分的。《孟子·万章下》说："诵其诗，读其书，不知其人可乎？是以论其世也。"刘勰也认为，诗人从事文学创作时的"才""气""学""习"都会"并情性所铄"，打上诗人自身的心灵烙印，从而"各师成心，其异如面"。可见，"知人论世"这一批评观在古代文论中有着较深厚的历史渊源，是一种普遍的理论范式。叶嘉莹借用新批评来鉴照"知人论世"观，从而发现了它的非客观性特征。在一篇论文中，叶嘉莹明确指出，"知人论世"这一传统文学批评模式尽管有一定的道理，也较为切合中国古代文学的实际，对古代文学的阐释不乏有效性，但作为批评方法，它还有局限性，还存在不甚合理的地方，这种不合理性突出地表现为：它确立的是一种"以'人'之价值取代或影响'诗'之价值的批评标准"[10]。鉴于此，叶嘉莹提醒人们在对古代文学作品作客观、科学的分析时，对传统的"知人论世"观要审慎用之。

　　尽管叶嘉莹受新批评理论的影响和启发很大，她也一直坚持以细读的方式作为分析文本的依据，但叶嘉莹对新批评理论并非是不加辨析地盲目接受，而是进行了批判性的、有选择的采纳。叶嘉莹曾从中西诗学比较的角度，对新批评理论作过较为客观的评价：她一方面肯定了新批评理论的细读法在诗歌评论中的重要价值，另一方面也指出了新批评理论的不足之处。叶嘉莹说："我以为正是新批评的所谓细读（close reading）的方式，才使我们能对作品的各方面做出精密的观察和分析，因此也才使我们能对作品中之意识形态得到更为正确和深入的体认。可见新批评一派所倡导的评诗方法，确有其值得重视之处。"与此同时，新批评理论的缺点也很明显，"新批评把重点全放在对于作品的客观分析和研究，而竟将作者与读者完全抹煞不论，而且还曾提出所谓'意图谬误说'（intentional fallacy）及'感受谬误说'（affective fallacy），把作者与读者在整个创作过程中的重要作用都加以全部否定，这就不免过于偏狭了"。[11] 虽然叶嘉莹借用新批评理论烛照到"知人论世"批评方法的不足，但她并没有放弃对这一传统的批评范式的合理采纳和恰当使用，而且还力图借用"知人论世"观来弥补新批评在阐释中国文学中所存有的缺陷。叶嘉莹曾自述说，她"幼年时所接受的原是完全传统式的教育"，"深受中国传统之影响"，[12] 因而对古代诗人的创作观念与审美趣味有着较为深刻的理解。她说："中国之古典诗歌在传统中原是以言志抒情为主的，则作者之性格生平自然与其作品之间有密切关系。"[13] 可见，她对新批评关于"意图谬误说"与"感受谬误说"的理论对中国古典文学的不适应性的批评是较为确切和有说服力的。

为了合理吸收新批评的理论成果，同时又避免新批评理论面对中国古典文学实际时所暴露的不足，使学术研究更贴合古典文学对象本身，叶嘉莹巧妙地将"知人论世"观与新批评理论糅合在一起，形成了自己独特的诗学观念。她把古典诗词的内在构成分成"能感之"和"能写之"两大因素："能感之"的部分，主要指创作主体的性格、为人及其生平背景等，较适合于传统文论的阐释；而"能写之"的部分诸如意象、联想、结构、字质等由文本呈现出的质素，则用西方文论来解释会更细致和准确。

与此同时，一直受益于新批评理论的叶嘉莹，也清楚地意识到这一批评理论因为受西方科学主义的影响而存在着机械化、过于理性化的毛病。这种只注重客观实证而忽视研究者个性差异的研究方法往往可能将研究者的审美体验和审美感受悄悄地肢解掉。

为了保持学术研究的生命活性，更好地尊重自己的审美感觉，叶嘉莹在新批评的"知性"之外，加上了"感性"的成分，把"知性"和"感性"统一在一起，一方面强调学术研究的谨慎客观，另一方面又不放弃自己阅读文学作品时所产生的审美感受和体验。她说："我对古典诗歌的评赏，一向原是以自己真诚之感受为主的。"[14]在尊重自己真诚感受的基础上，叶嘉莹才将中西新旧的文艺理论"择其所需"，取而用之。"知性"与"感性"的结合，既保证了文学理论与创作实际的准确贴近，又保证主观与客观的完美统一，这可以看作叶嘉莹古典文学研究取得巨大成就的经验之谈。

三

在运用西方理论研究古典文学的学术实践中，吸收新批评的理论精髓来阐释古典诗词是叶嘉莹迈出的第一步，但她并不满足于此，并没有止步于新批评，而是注重对西方各种现代文论的多方吸纳，各取所长。

叶嘉莹说过："任何一种新的理论出现，其所提示的新的观念，都可以对旧有的各种学术研究投射出一种新的光照，使之从而可以获得一种新的发现，并做出一种新的探讨。"[15]正是在这一观念的指引下，她自踏上学术道路以来就没有局限于只采借西方的某一种文艺理论（比如新批评），而是注意转益多师，使之"为我所用"。她说："无论中西新旧的理论，我都只是择其所需而取之，然后再将其加以我个人之融汇结合的运用。"[16]如果说英美新批评是叶嘉莹借用西方文学理论来打开的中国古典文学的第一扇窗子的话，那么西方其他的现代文论则为她进一步研究提供了新的视域，使她观赏到了古典文学中更多别样的风景。她利用符号学理论来比较分析温庭筠、韦庄的词，从而得出了"温飞卿的词打动我们的是他的 code——他的词码；韦庄的词打动我们的是他的 syntax——他的句法、句式和他的口吻"的结论；她采用女性主义批评来观照《花间词》的女性叙写，发现那些仿效女子口吻写"香泽罗绮"的男性诗人文士，原是为了抒发自己作为"逐臣"的怨悱。此外，她还采用了索绪尔语言学、接受美学、阐释学的观点来解说古代文学作品，所得的精辟见解和独特发现俯拾即是。

当然，阅读叶嘉莹的这些研究文章时我们又不难发现，不管采用西方的哪一种批评方法，叶嘉莹始终都没有放弃一个原则，那就是，坚持从文本出发，注重对文学作品进行细致的研读。从叶嘉莹一直坚持的这一原则中，我们可以看到新批评理论对她的影响之深。

借用西方现代批评方法来研究中国古代文学，以弥补中国传统文学批评方法的某些不足；又并不完全排斥传统批评方法，而注意在中西文论中取长补短、合理采借，从而形成自己独特的研究风格与思维个性。叶嘉莹的学术理念是耐人寻味的，她的文学研究无疑也相当成功，前述那些丰厚的研究成果即是有力的证明。近些年来，中国学术界大力提倡古典文学的现代阐释和传统文论的现代转换，那么怎么阐释？怎么转换？这些都是涉及文学研究方法论的问题。借用西方文学理论尤其是西方 20 世纪文论的观点来观照、阐发我们的古代文学和文学理论，无疑是一条重要的途径。从这一点来看，叶嘉莹在文学研究上的成功经验，对于当下国内的古代文学研究来说，有着方法论上的启发和指导意义。

注释：

[1] 叶嘉莹：《从文本之潜能与读者之诠释谈令词的美感特质》，《文学遗产》1999 年第 1 期。

[2] ［美］威廉·K. 维姆萨特、蒙罗·C. 比尔兹利著，罗少丹译：《意图谬见》，赵毅衡编选：《"新批评"文集》，天津：百花文艺出版社 2001 年版，第 236 页。

[3] 叶嘉莹：《从比较现代的观点看几首中国旧诗》，《迦陵论诗丛稿》，石家庄：河北教育出版社 2000 年版，第 89 页。

[4] ［美］威廉·K. 维姆萨特、蒙罗·C. 比尔兹利著，罗少丹译：《意图谬见》，赵毅衡编选：《"新批评"文集》，天津：百花文艺出版社 2001 年版，第 88 页。

[5] ［美］艾伦·塔特：《诗的张力》，史亮编：《新批评》，成都：四川文艺出版社 1989 年版，第 89 页。

[6] 叶嘉莹：《灵谷奚词说》，《古典诗词讲演集》，石家庄：河北教育出版社 1997 年版，第 163～164 页。

[7] ［美］托·斯·艾略特著，郑敏译：《传统与个人才能》，［英］戴维·洛奇编，葛林等译：《二十世纪文学评论》（上），上海：上海译文出版社 1987 年版，第 133 页。

[8] ［英］约·克·兰塞姆著，严维明译：《批评公司》，［英］戴维·洛奇编，葛林等译：《二十世纪文学评论》（上），上海：上海译文出版社 1987 年版，第 387 页。

[9] ［美］艾伦·塔特：《作为知识的文学》，赵毅衡编选：《"新批评"文集》，天津：百花文艺出版社 2001 年版，第 156 页。

[10] 叶嘉莹：《多年来评说古典诗歌之体验及感性与知性之结合》，《我的诗词道路》，石家庄：河北教育出版社 1997 年版，第 58 页。

[11] 叶嘉莹：《对传统词学与王国维词论在西方理论之观照中的反思》，《清词丛论》，石家庄：河北教育出版社 1997 年版，第 322 页。

[12] 叶嘉莹：《多年来评说古典诗歌之体验及感性与知性之结合》，《我的诗词道路》，石家庄：河北教育出版社 1997 年版，第 58 页。

[13] 叶嘉莹：《多年来评说古典诗歌之体验及感性与知性之结合》，《我的诗词道路》，石家庄：河北教育出版社 1997 年版，第 60～61 页。

[14] 叶嘉莹：《多年来评说古典诗歌之体验及感性与知性之结合》，《我的诗词道路》，石家庄：河北教育出版社 1997 年版，第 59 页。

　　[15] 叶嘉莹:《论词学中之困惑与花间词之女性叙写及其影响》,《迦陵文集》(第四卷),石家庄:河北教育出版社1997年版,第223页。

　　[16] 叶嘉莹:《多年来评说古典诗歌之体验及感性与知性之结合》,《我的诗词道路》,石家庄:河北教育出版社1997年版,第59页。

跨文明研究：
21世纪中国比较文学的理论与实践^①

几年前，曹顺庆先生把比较文学中国学派的理论特征归纳为"跨文化研究"，或者准确地说是"跨中西异质文化研究"，并认为它是比较文学中国学派的生命源泉、立身之本和优势之所在，是中国学派区别于法国学派和美国学派的最基本的理论和学术特征。在2002年8月在南京召开的"中国比较文学年会暨国际会议"上，曹顺庆先生在大会发言中明确提出：现在我们要把这个"跨文化"改一改，改成"跨文明"。为什么要作这样的改动？这种改动不是简单的术语更换，而是出于两个方面的考虑：其一，"跨文化"往往容易被误解或被滥用。在当今之世，"文化"被赋予的含义太多太广，其定义不下百种；而且，如今什么都要冠以"文化"二字，以显其时髦。与此同时，"跨文化"也会产生误会，因为同一国内，可能会有若干种不同的民族文化和地域文化，如中国就有巴蜀文化、齐鲁文化和楚文化等；同一文明圈内，也有多种不同的文化形态，比如法国文化与德国文化、英国文化和美国文化等。尽管笔者一再强调是"跨异质文化"，但人们的理解因为受限于"文化"这一语词的上述认知，与我们的讲法有很大距离。其二，我们今天所处的是一个文化转型和调整的重要时刻，全球化的浪潮日渐高涨，民族化的要求呼之欲出，不同文明之间的冲突、交流、对话与相互理解成为日益显著的生活事件。在这样一个文明交汇、分化和重组的历史时刻，我们应抓住机遇，通过跨文明研究，促进比较文学学科理论的转折与建

---

① 本文与博士导师曹顺庆教授合写。

构，达到重构新的理论体系、振兴中华民族文化、促进世界文明共存共荣的目的，这是时代赋予我们的神圣使命。基于这两点，笔者认为，跨文明比较文学研究，简称"跨文明研究"，是21世纪中国比较文学研究最基本的理论特征和实践指南。

"文明的冲突"与跨文明对话

我们把"跨文明研究"确定为21世纪中国比较文学的基本学术范式，确立为中国比较文学研究最基本的理论特征和实践指南，首先是为了适应全球化时代对人文学科提出的历史要求。在新的世纪里，随着政治多极化、经济一体化格局的形成，不同文明之间的冲突日益彰显，中国比较文学正是要在这样的历史时刻，通过跨文明的比较研究，开掘东西方文明和谐共生、互相理解的通道，架设异质文化互相沟通、共同进步的桥梁，为世界的和平与稳定、人类文化的发展做出自己的贡献。

我们现在正处于全球化的历史时期，这是一个不言自明的客观事实。在全球化时代，涉及政治、经济和文化内容的各种信息的流转在不断加速，建立在人们历史想象之上的旧有的时间和空间概念被重新改写，"时空压缩"成为社会运作的新的时代表征。不同文明间的交流变得异常频繁，文明的冲突从历史的幕后走向前台，成为全球化不可避免的附属产品。在对"文明的冲突"所作的理论表述中，我们最为熟悉的是美国学者塞缪尔·亨廷顿的声音。他把这个全球一体化的世界称为一个"崭新的世界"，并说："在这个新世界中，区域政治是种族的政治，全球政治是文明的政治。文明的冲突取代了超级大国的竞争。""在这个新的世界里，最普遍、重要的和危险的冲突不是社会阶级之间、富人和穷人之间，或其他以经济来划分的集团之间的冲突，而是属于不同文化实体的人民之间的冲突。"[1]

为什么全球化时代必然诱发文明的冲突呢？亨廷顿站在全球政治的文化重构的角度，从多个方面来对此问题加以论述。他认为，首先，全世界的人现今都根据文化界线来区分自己，这意味着文化集团之间的冲突越来越重要，文明是最广泛的文化实体，因此不同文明集团之间的冲突就成为全球政治的中心。其次，全球化带动了各国经济的发展，非西方社会的能力和力量的提高刺激了本土认同和文化复兴，这会与一度占主导地位的西方价值产生冲突。再次，某种文明的认同是在与其他文明的联系中来界定的，文明认同意味着更深刻地意识到文明之间的差异以及必须保护把"我们"区别于"他们"的那些特性。最后，对人民、领土、财富、资源和相对权力的争夺，这是不同文明国家和集团之间产生冲突的主要根源。所有这些都确保和加剧了不同文明之间的分裂、矛盾与冲突。亨廷顿一方面强调不同文明之间冲突的不可避免，另一方面也承认，今天的世界是一个多极和多文明的世界，"政治和经济发展的主要模式因文明的不同而不同。国家议题中的关键争议问题包含文明之间的差异。权力正在从长期以来占支配地位的西方向非西方的各文明转移。全球政治已变成多极的和多文明的"[2]。

亨廷顿所说的"文明的冲突"现象，显然忽略了不同文明之间的相容性，但从某个意义上说，不同文明的交流与共处，实际上就是我们这个时代从事学术研究的历史语境，是我们今天观照世界、思考问题的一个基本出发点。虽然亨廷顿是从政治学的角度来阐发他的观点的，但对我们所从事的文学研究而言同样具有很深的启发意义。亨廷顿的观点中至少隐含着这样的话题：不同文化体系的人有不同的生活和思维方式，有不同的感知与表达世界的方式。文学作为各民族情感的独特书写方式，作为各民族文化的独特记载方式，成了我们理解不同文明之间的区别的重要窗口。对异质文明之间话语问题的研究、对异质文明的文化探源、对异质文明之间文学的误读和沟通问题的研究、对异质文明之间文学与文论互相阐释问题的探讨，都是全球化时代为比较文学研究者提出的新课题。跨文明比较文学研究，正是中国比较文学学者呼应历史的感召，探讨不同文明之间的共处与相容理论，从而跨入比较文学研究第三阶段的重要理论武器。

既然亨廷顿认可当今世界是多极的和多文明的，那至少表明，文明的冲突并非是一种你死我活的殊死争斗，并非是要导致一种文明取代另一文明的残酷结局，而只是意味着不同文明之间在利益分配上的争执、在政治见解上的分歧、在文化交流中的受阻。比较文学作为跨国家、跨学科、跨文明的文学研究，正好迎合了文化多元化的时代需求。而中国比较文学的跨文明研究，正是为了探寻异质文明对话的可能，拓宽不同文明之间对话的空间，促进世界不同文明的和平相处，促进世界文学的共同发展。

在跨文明研究中，首先关注的是跨文明对话。只有通过对话才能加深对自我身份的确认和对"他"文明特性的理解，才能对中国传统文化进行创造性的转化，才能融汇中西，创建出既有民族风格又有时代特色的独特的文学理论话语体系，也才能缓解文明的冲突，促进异质文明之间的理解与合作。在跨文明对话中，"拿来主义"和"送去主义"同样重要，同样不容忽视。鲁迅在20年代提出的"拿来主义"，是建立在民族救亡图存、社会拯衰起弊的基础之上的，反映了一代学者渴望复兴中华文明而不得不"别求新声于异邦"的时代吁求。"拿来"不是"送来"，而是根据自我的需求有选择地引入；"拿来"只是手段，不是最终目的，最终目的是为了实现中华文明的再造与新生。在"拿来"的过程中，异质文明之间的互照互释、对话沟通是必要的。应该说鲁迅提出的"拿来主义"，如果我们使用得当的话，是有利于中华文明的重建与复兴的。可惜一段时间以来，我们在"拿来"的问题上出了偏差，逐渐偏离了最初的航向，"拿来主义"最后变成了"照搬主义"，我们在一味地照搬西方的过程中渐渐迷失了自我，丢失了自己的文化规范和理论话语体系。这样，我们不得不接受文论"失语"的命运，不得不陷入当今世界文论界完全没有我们中国的声音的尴尬境地。我们悠久的文明传统被自己悬置已久，无法与其他文明进行实质性的对话，无法被世界正确地认识。这是一个令人哀痛的事实。

跨文明对话的另一种方式是"送去主义"。"送去主义"是季羡林近年来大力倡导的文化主张，季先生指出："今天，在拿来的同时，我们应该提倡'送去主义'，而且应该定为重点。为了全体人类的福利，为了人类的未来，我们有义务要送去的。"[3]季先生的这一段话是具有远见卓识的，它准确地洞察到这样的事实，那就是，全球化时代给中华文明再度兴盛、重新在世界文化的建设中扮演重要角色带来了良好的契机。我们必须抓住这一契机，"有目的有计划地把中国文化的优秀成果送到西方去，以弥补中西文化交流上的不平衡状态之缺憾"[4]。那么，如何"送去"呢？当然不是说把我们的古代典籍一本本地抱进西方的图书馆就完事，也不只是将我们的"四库全书""诸子集成"翻译成外文就大功告成，而是要通过跨文明的对话，在中西两种话语的互释互证、异同比较中找到一条既能让西方人理解，又能准确传达我们的文化精髓的途径，使中华民族几千年的灿烂文明真正为世界各国人民所了解、认识，从而在世界文化的建设与发展中发挥更大的作用。

总之，不管是对西方文明"拿来"，还是将中华文明"送去"，都离不开跨文明的对话与沟通，离不开异质文明之间的互相比照、互相阐释。不管是"拿来"还是"送去"，目标都是一致的，旨在振兴中华文明，恢复世界文明史的真实面目，推动人类文化的发展脚步更快地向前迈进。日本学者沟口雄三曾经指出："中国的历史像是一幅被捏造出来的画像，尚未揭示出自己的原样。……当中国这一图像被呈现出来时，世界也更接近它的原貌，欧洲也会恢复它本来的形象。这一世界文明史的重新书写，是历史赋予中国研究者的艰巨任务。"[5]由此可见，21 世纪中国比较文学的跨文明研究和对话，既具有重大的理论意义，又具有现实的迫切性，其实践价值也是相当高的。

搭建平等对话的平台

从发现文论"失语"的残酷事实，到探究重建中国文论话语的路径，又到异质性研究的倡导，再到今天明确提出"跨文明研究"，我们始终围绕着一个中心问题在展开，那就是，如何尽快搭建中西方文明平等对话的平台，通过对话使中华文明重现昔日的辉煌，并与西方文明一起，共同参与当今世界文明的建设，推动人类文化的进一步发展。

从文学研究的角度而言，目前的世界，仍是西方话语一家独白的时代，西方话语在非西方国家和地区的横行并没有终结；第三世界文化渴望挣脱从前的边缘、附属地位，争取与西方文化平等对话的权利，这一美好愿望倘未最终实现。中国的现实也是如此。中国现当代文论搬用的仍然是西方的话语系统，仍然没能建立起自己独特的、适用于当代中国人生存状况和文学艺术现象的学术表达的文学理论话语体系，仍然处于文论的"失语"期。为什么会出现如此状况？这里有主观的原因，也有客观的原因。客观的原因是，20 世纪是西方文化和文论占据强势地位、享有话语霸权的世纪，其他非西方国家的地区的文化及文论处于弱势地位，只能被动接受西方文论话语的清洗；加之中国近代积贫积弱的社会现实促使中国知识分子不得不重估一切价值，从而别求新声于他国。这样，随着西方文论的大量涌入，西方文论话语便整体性地置换了中国传统文论的话语理路和言说方式。而"新生的文学理论，在牙牙学语之时便碰到的是西方文论风靡中华之际，她最初的摹仿，就是西方文论话语，当然她也就只会这一套话语"[6]。从主观上来说，我们的文学研究者们，长期以来大都习惯于接受和使用西方文论话语方式，也只认同这一套话语体系，缺乏对中国传统文论体系的认知和现实转化，久而久之，便失去了自己独特的民族文化意识和审美感受力，失去了文学理论的原创力。这样，中国古代、近代和现当代极为丰富的文学事实，非常不幸地成了用来证明西方文学理论普适性的东方注脚材料；而我们所从事的文学研究工作和国际文化交流，说得不客气的话，不过是"从西方进口'理论'，然后根据第三世界的'原料'进行加工，然后再次出口到'西方'"[7]。在这种没有自己的话语体系，只能一味搬用西方文论话语的言说规则和理论逻辑的情况下，我们怎么可能同西方展开平等的对话呢？因为平等对话需要的是双方具有相当的条件和基础，双方各有特色又服从一定的规则。俄国文论家巴赫金曾把"对话"的特征形象地概括为"交互主体性"，就隐含着这样的意思。如果说巴赫金的"对话理论"主要指的是文学文本间的话语交流原则的话，德国哲学家哈贝马斯则将这一"对话理论"进一步伸延，把"互为主观"当作一种人与人之间较为重要的交往理论。哈贝马斯的意思很明确，就是说，参与对话的双方都各有自己的主体意识和精神构架，在对话中没有地位的高低之分，没有理论的优劣之别，各自独立，相互尊重，彼此平等。照搬西方文论话语的中国现当代文论，显然还没有完全具备这种与西方现代文论平等对话的条件。

没有自己独特的文艺理论话语体系，不仅丧失了与西方文化和文论同等对话的基础，甚至连西方人也不屑于与我们展开对话。王宁先生对此是深有感触的，他曾回忆说，在 1998 年在南京举行的"文化身份：中国和西方"国际研讨会上，两位国际比较文学协会文化身份研究委员会委员的发言明显透露出这样的信息，即有相当一部分西方大学的比较文学教授对中国文学和文化一无所知，甚至对中国现代文学巨匠鲁迅的名字都还没听说过。他们甚至对此并不感到耻辱，反倒觉得十分正常。[8] 从王宁所举的这一事实中我们可以很明确地感受到，与其说是西方学者不了解中国现当代的文学和文论状况，还不如说是他们本无意于与我们展开更深入的对话，因为这些西方学者对中国当下的文化和文论的价值是持怀疑态度的。

我们现在提倡跨文明研究，并把它作为 21 世纪中国比较文学的重要课题，就是要改变目前这种一味追随西方、失去自己本土文化根基的被动局面，找回迷失的自我，重塑中华民族的文化个性，搭建起中西文化和文论平等对话的平台。只有通过跨文明研究，我们才能重新找寻到自己的文化之根、文明之根，给我们的文学研究以历史的纵深感和本土文化的依凭感；我们才能接通传统文化和文论的精神血脉，减少文化"断裂"所造成的负面影响；我们才能清楚地理解各种文明之间的异质性特征，从而在中西融汇中重建中国文论的话语体系。一旦我们有了真正属于自己的而非别人的理论体系，我们才能争得与西方文化和文论平等对话的权利，也才能在中外文明对话中赢得主动，从而充分发挥出中国传统文明对人类文化建设与发展的重要效力。

"汉语性"研究与异质文明探源

19世纪德国著名的语言学家洪堡特曾经说过："倘若人们不去努力尝试解答这样一个问题：每一种语言为什么以及怎样特别适宜于这个而不是那个民族，那么也同样有可能忽略不同类型的精神创造与每一语言的独特方式之间的细微、深刻的联系。"[9]我们在进行跨文明研究的学术实践时，对"汉语性"的研究之所以显得特别重要，正因为中华文明独特的精神气质和话语形态是同汉语自身的素质不可分离的；也因为从"汉语性"的角度切入，才有可能探求到中国传统文化和文论的独特的精神创造性，捕捉到汉语文化和文论的各种言说方式之间的细微的、深刻的联系。"汉语性"研究构成了中国比较文学研究在异质文化探源上的重要方面；而对"汉语性"的深刻体认，又能促进异质文化探源研究向深层次开拓。

我们谈论的中华文明和传统文论的"汉语性"特征，是在与西方文化的西语性特征和中国现代文论的西方化、译体化特征的相互比照中来定位的。从文学研究的角度而言，我们这里所说的"汉语性"包括两个方面的内容：一个方面是指中国古典文学作品的汉语性特征，另一个方面则指传统文学批评的汉语性特征。

对这两个方面的深入考察，构成了跨文明比较文学研究中"汉语性"探索的两个向度。

中国古典文学的汉语性特质，可以从古典文学作品尤其是中国古典诗词集聚着鲜明的民族气质和文化内涵中看出。我们常常会感到奇怪：一首非常优美的唐诗，翻译成外文后怎么会变得索然无味；一首文化内涵极为丰富的宋词，一旦转化为其他语言就失却了原有文本所包蕴着的许多文化信息。究其原因，主要是因为古典诗词中所涵纳的中国人文精神、中华文明的独特的历史遭遇和文化养成等，这些信息是很难被翻译过去的，也是翻译过程中最有可能丢失的。中国古典文学中存在着无法被其他语言成功翻译、极有可能在翻译中被丢失的东西，是由中国古典文学的"汉语性"特征决定的。中国古典文学的"汉语性"特征，早已为一些学者所注意，比如闻一多就在《英译李太白诗》中阐述说，李白诗的长处，便是它浑璞的气势，而这正是其最难译之处，弄不好，李白的诗歌被译成了英文，李白却"死"掉了，因为"去掉了气势，又等于去掉了李太白"[10]。闻一多所说的李白诗歌的"气势"，实际上就是诗人受传统文化浸染而在诗歌中体现出的对世界的独特感受和审美表达，是诗意与诗言的浑然一体、不可分割，也就是李白诗歌中凸显的某种汉语特性。英国人约翰·特勒（John Turner）曾将李白的诗句"烟花三月下扬州"译成" Mid-April mists and blossoms go"，不知是出于押韵的考虑，还是认为"扬州"一词是名词，不译出不会影响诗句的意义，他把"扬州"漏译了。这样，李白原诗具有的丰厚的文化内涵无形中就被译句减损掉了。有研究者认为，这种漏译主要是因为特勒不懂"扬州"一词的文化含义，"倘若他了解了唐代扬州的盛况，听过但愿'腰缠十万贯，骑鹤上扬州'的故事，大概不会这样处理"[11]。其实即便是特勒将"扬州"一词译出又能怎样，无非是在原有的译文中加上一个写作"Yang Zhou"的符号，作为文化意象的"扬州"仍然无法在翻译中准确传达出来。汉语还有一个特性，就是构词十分灵活。例如，汉语诗歌的一种特殊组合，即几个名词相聚在一起，就能组成一个美妙的诗歌意境，这在西语中是不可能出现的。事实的确如此，比如"胡琴琵琶与羌笛"（岑参《白雪歌送武判官归京》）、"枯藤老树昏鸦，小桥流水人家，古道西风瘦马"（马致远《天净沙·秋思》），这些诗句只有在语词组构灵活的汉语中才可能出现，这也是西语无法准确翻译的。此外，汉语动词的超时空性，使汉语诗性呈现的是一种穿越历史与未来的审美表达；汉语汉字本身具有的心物统一性的特点，使诗句中的意象可以直接呈现情感等，这些都是汉诗独有的个性。汉语文学中表现出来的这些鲜明的个性特征，曾令洪堡特十分惊羡，他这样高度评价说："（汉语的）结构对立于汉语的语言则具有令人赞叹的完美的形式，这样的形式正是人类语言注定要努力接近的目标。"[12] 中国传统文论的"汉语性"特征，集中体现在文论系统中一整套的基本范畴和核心概念上。例如"言""象""道""意""气""韵""虚""实"等，这些概念和范畴突出体现了中国人对文学、对艺术甚至对人生的整体化理解与独特表达，沉淀着丰富的中国文化和艺术精神。中国传统文论是一种以生命观观照文学艺术的"存在论"文论形态，有着很强的生命体验性和直觉穿透力；以"悟""赏""评""点"为阐释形式的传统诗话，又体现了中国传统文论与文学理解上的开放性和理论表达上的灵活性。所有这些，都使传统文论与建立在知识论基础上的西方文论区别开来。中国传统文论的基本范畴，其精髓是西语翻译无法准确传达的，如"风骨"一词，译为"style"显然不行，译作"wind and bone"更不恰当，它体现的是中国人对艺术的生命体验式理解与表达，与中国人的文化观念、文学观念、艺术观念等息息相关。正因为有着中国文化的深厚背景，有着极为丰富的文明内涵，所以很难在西语中找到对等的词语加以准确诠释。对中国文论范畴所体现的"汉语性"特质的观照，是中国比较文学异质文化探源中的一个重要的研究课题。

中国古典文学和文论的"汉语性"特质，已为西方学界所认可，也成为西方人用以重新审视自己思想和文化的一面镜子。法国汉学家弗朗索瓦·于连说："中国的语言外在于庞大的印欧语言体系，这种语言开拓的是书写的另一种可能性；中国文明是在与欧洲没有实际的借鉴或影响关系之下独自发展的、时间最长的文明……中国是从外部正视我们的思想——由此使之脱离传统成见——的理想形象。"[13]西方学者对中国文明的高度评价，对中国传统文学与文论的独特性的认可，从一个侧面说明了"汉语性"研究与异质文化探源的紧迫性，证实了中国比较文学跨文明研究的必要性与重要性。

注释：

[1]［美］塞缪尔·亨廷顿：《文明的冲突与世界秩序的重建》，北京：新华出版社2002年版，第7页。

[2]［美］塞缪尔·亨廷顿：《文明的冲突与世界秩序的重建》，北京：新华出版社2002年版，第9～10页。

[3]季羡林：《〈东西文化议论集〉总序》，季羡林、张光璘编选：《东西文化议论集》，北京：经济出版社1997年版，第11页。

[4]参见王宁：《全球化、本土化和汉学的重建》，《东方丛刊》1999年第1期，第190～196页。

[5]参见毛立平、牛贯杰：《国内外学者展望21世纪中国文化》，《中国国情国力》2001年第11期，第22页。

[6]曹顺庆：《中外比较文论史》，济南：山东教育出版社1998年版，第260页。

[7]参见罗岗：《读出文本和读入文本对现代文学研究和"文化研究"关系的考察》，《文学评论》2002年第2期。

[8]参见王宁：《全球化、本土化和汉学的重建》，《东方丛刊》1999年第1期，第190～196页。

[9]［德］威廉·冯·洪堡特：《论汉语的语法结构》，姚小平编辑译注：《洪堡特语言哲学文集》，长沙：湖南教育出版社2001年版，第68页。

[10]闻一多：《唐诗杂论·诗与批评》，北京：生活·读书·新知三联书店1999年版，第67页。

[11]翁显良：《译诗管见》，《翻译理论与翻译技巧文集》，北京：中国对外汉语出版公司1983年版，第186页。

[12] [德] 威廉·冯·洪堡特：《论汉语的语法结构》，姚小平编辑译注：《洪堡特语言哲学文集》，长沙：湖南教育出版社 2001 年版，第 121 页。

[13] [法] 弗朗索瓦·于连著，杜小真译：《迂回与进入》，北京：生活·读书·新知三联书店 1998 年版，第 3 页。

世界文学的 "比较性" 与
比较文学的 "世界性"

　　自从国务院学位委员会和国家教育委员会在 1997 年将 "比较文学" 与 "世界文学（外国文学）" 两个学科合并以来，"比较文学与世界文学" 作为我国高等教育专业设置中的二级学科存在的时间迄今已有 15 个年头了。15 年来，尽管比较文学与世界文学学科受到了种种的非议与责难，但它仍然在坎坷与曲折之中奋力前行着，并通过不断发展和日趋完善的学科理论建设与文学文本研究，彰显出理论的充沛活力和学科设置的合理性。比较文学与世界文学学科的发展壮大，似乎在向人们有力地证明："比较文学" 与 "世界文学" 二者之间本来就有着紧密的内在联系和良好的兼容性，用聂珍钊的话说，"外国文学（世界文学）与比较文学在本质上是一致的"①，它们的合二为一不仅并无不妥，反而会大大促进双方的共同繁荣。那么，我们有必要追问，比较文学与世界文学的内在联系或者说本质上的一致性表现在哪里？我们该如何评判这个学科设置在大学文科的科研与教学中所具有的积极意义呢？本文将就比较文学与世界文学这两个学科的相关性进行考察与分析，并对这个学科设置在促进高校文科教学与科研的发展中所具有的促进作用进行一定的阐述。

---

　　① 聂珍钊在 2002 年外国文学年会上发言指出："外国文学史本身就是有比较文学的特点和内涵，外国文学（世界文学）与比较文学在本质上是一致的。" 转引自陈召荣、丁艳：《从 "外国文学" 到 "比较文学与世界文学" ——学科合并及合并后的外国文学教学改革》，《河西学院学报》2006 年第 1 期。

一

　　世界文学最重要的特征是综合性与包容性，它几乎可以看作是全世界所有民族文学的集合体。中文里的"世界文学"术语是从歌德提出的"weltliteratur"翻译而成的，在德语里，"welt"有"世界""宇宙""全人类""人世间"等意思，显示出包罗万象、统摄诸有的意义容量。歌德创造性地将"welt"（世界、宇宙）与"literatur"（文学）组合在一起，构成一个新的词汇，既显示着文学家宏阔博大的世界性视野，同时又为世界各民族文学的共同集结和相互比照提供了学理的依据。歌德关于"世界文学"的构想，充分体现出涵涉各种语言形态的文学创作的综合性与不舍弃任何一种民族文学的包容性等理论特征，一定程度上可以视为打破民族与国家疆界、实现世界大同的全球化文化浮现的前兆和端倪。

　　据歌德生前的秘书爱克曼回忆，"世界文学"构想的生成在歌德那里具有某种偶然性。1827 年 1 月 31 日，歌德在阅读了被翻译成德语（一说法语）的中国古代传奇小说《风月好逑传》（一说《玉娇梨》）后，被来自古老东方的民族文学的艺术魅力深深打动，便对爱克曼说："我喜欢环视四周的外国民族情况，我也劝每个人都这么办。民族文学在现代算不了很大的一回事，世界文学的时代已快来临了。"[1]针对歌德的这番谈话，韦勒克后来解释道，"世界文学"这个名称"似乎含有应该去研究从新西兰到冰岛的世界五大洲的文学这个意思"。[2]也就是说，在歌德这段话的本意里，"世界文学"理应涵盖了世界上所有民族的文学形态。歌德的上述谈话发表 20 年后，马克思、恩格斯在经典文献《共产党宣言》一文中再次提到了"世界文学"的命题，他们指出："资产阶级，由于开拓了世界市场，使一切国家的生产和消费都成为世界性的了。……过去那种地方的和民族的自给自足和闭关自守的状态，被各民族的各方面的相互往来和各方面的相互依赖所代替了。物质的生产是如此，精神的生产也是如此。各民族的精神产品成了公共的财产，民族的片面性和局限性日益成为不可能，于是由许多种民族的和地方的文学形成了一个世界文学。"[3] 从"相互往来""相互依赖""公共的财产""民族的片面性和局限性日益成为不可能"等表述中，我们不难发现，马克思、恩格斯有关"世界文学"的阐发，也突出和强调了该命题本身所具有的综合性与包容性特征。

尽管"世界文学"这一命题内含着鲜明的综合性和包容性特征，但千万不要以为，在对世界文学的认识、理解与评价中，存在一个绝对中立的价值立场和超越性的观照视野，而我们只有站在这个中立的价值立场和超越性的观照视野上，才能清晰地认识世界文学对象，也才能准确地概括世界文学的本质和规律。实际情况或许正好相反，当我们试图以某种所谓客观、中立的价值立场和超越性的观察目光来审视世界文学时，既难以看清世界文学的本来面目，也无法归纳出世界文学的本质与规律，最后只能发出如一些学者所言述的那种感叹："'世界文学'是一个不太恰切的概念，它只意味着平面性、无限平面的铺开，意味着普遍性、遍无不及的推展，意味着统一性、将各种差异统合为一体。"[4] 这样一来，"世界文学"这个命名的有效性和学术价值就会大打折扣。

因此，在我看来，要想充分彰显"世界文学"的话语蕴含，我们除了必须认识到世界文学的综合性和包容性特征外，还应该领悟到它的比较性特征。世界文学是人们基于人类精神产品共享的指导思想而设计和描画出的统摄全球文学景观的艺术图式，每个民族在描画世界文学的宏伟蓝图、构建世界文学的艺术大厦之时，其着眼点都是不一样的，所建构出的世界文学景观也各自有别。具体而言，每个民族都是站在本民族的文化与文学背景上来理解和阐述其他民族的文学发展状况，并在此基础上建构起世界文学的知识谱系的。这就是说，在各民族进行世界文学的宏观建构之中，比较的意识和方法是贯穿始终的。追溯历史不难得知，当年歌德之所以能大胆提出"世界文学"的构想，正是得益于他自觉的文化和文学比较意识，得益于他秉有的以德国文学为基点来观照、审视与评判其他民族文学的理论视角。在提出"世界文学"的构想之前，歌德曾向爱克曼讲述了自己阅读中国传奇小说后的内心感受，他说道："（中国传奇小说）并不像人们猜想的那样奇怪。中国人在思想、行为和情感方面几乎和我们一样，使我们很快就感到他们是我们的同类人……"[5] 很显然，歌德在这里是以德国文学为思维起点，从中德文学比较的角度来分析和把握中国传奇的艺术特征的。通过中德文学（或者扩大一点说，亚欧文学）的异同比较，他洞察到各民族文学之间的审美共通性特征，提出了"诗是人类的共同财产"的科学见解，进而萌生了建构"世界文学"版图的远大理想。也就是说，在歌德的"世界文学"构想里，有一个异常鲜明的德国文化与文学背景作为理论支撑，没有这个文学与文化背景，歌德不可能真切领略到其他民族文学包括古老东方文学的神奇魅力，更不用谈产生建构"世界文学"的奇思妙想了。正因为有了对德国的民族文学与民族文化的深刻体悟，加上明确的文化与文学比较意识，歌德才可能准确理解其他国家和民族的文学品格与文化精神，并在此基础上走出民族文学的狭小圈子，憧憬由各民族文学相交融而形成的世界文学的美好前景。

相比之下，由于长时期缺乏明确的比较意识，中国学者在外国文学史的编写与讲授上是存在某种偏误的。杨周翰就曾著文指出：

多年来我总觉得我们出版的外国文学史在联系实际方面做得很不够，有时又很勉强，最不够的是外国文学和我国古今文学的联系。……我们中国人从小读中国文学，接触到外国文学，本来应该自然而然地、自觉不自觉地作些比较。但我们写的外国文学史常把外国文学完全当作一个客观对象，好象自然科学家对待他研究的对象那样，外国文学和中国文学泾渭分明。我觉得教外国文学有意识地和中国文学作些比较，辨其异同，可以加深对外国文学的理解，同时也加深了对本国文学的理解。[6]

在杨周翰看来，当我们书写外国文学史时，如果完全站在中立的立场上，将外国文学当作纯客观的存在对象，而不从中外文学比较的角度入手，来建构外国文学的历史版图，这样的文学史书写方式并不是一种最为恰当和切实的学术方式，由此写出的外国文学史"在联系实际方面"是"很不够的"，因为它没有将外国文学与中国人在阅读中国文学时所形成的"前理解"有效地联络在一起。相反，如果能在外国文学史的书写和讲授过程中，有意识地强化中外文学比较意识，则会收到"既加深对外国文学的理解，同时也加深了对本国文学的理解"的实际效果。从中外学人的上述言论中我们不难发现，本国文学与他国文学的有意识比较和辨析，正是人们正确地认识世界文学（外国文学）的历史发展和审美特征的重要理论前提。换句话说，世界文学建构中的民族文学视野，构成了每个国家、每个民族、每个文学工作者畅想和阐述世界文学的源发点，在各国、各民族、各个文学工作者关于世界文学的理想设计之中，都离不开以本民族的文学和文化为参照来判断与评价其他民族的文学现象的比较意识。正如高建平所说，"'世界文学'不应是一个单数的名词，而是一个复数的名词。从不同的角度出发，就会有不同的视野，就会形成不同的'世界文学'"[7]。在这个意义上，我们可以说，所谓世界文学，就是各个民族根据本民族的文化理想和文学审美标准而建构起来的包含着世界各民族优秀作品的文学体系；而且由于比较性视野的不同，这样的体系在各个民族的文学史建构里也是各有不同的。

按照歌德的理解，世界文学"是一种要把各民族文学统起来成为一个伟大的综合体的理想，而每个民族都将在这样一个全球性的大合奏中演奏自己的声部"[8]。换句话说，世界文学是以有着各具艺术个性、互相之间不乏美学差异的民族文学的丰富存在为基本前提的，没有各具特色的民族文学的丰富存在，世界文学就将成为一种纯属想象性的审美乌托邦。所以，对世界文学作本质主义的理解是行不通的，因为"世界文学是一个历史的、具体的概念。它由具有世界文学质素、达到世界文学水准的民族文学组成。世界文学作为艺术个性高度发展的民族文学的总称，只能由民族文学的最高成就来代表，只能在民族文学的艺术个性中得以实现"[9]。也就是说，世界文学并不是一个形而上的绝对理念，而是一个有具体内涵的美学范式，它是由各民族文学所构成的有机的审美体系，在这个体系里，各民族文学之间的对立、差异与互补关系形成了基本的结构关系。世界文学的构造并不排斥民族文学之间的差异性，相反，正是各民族文学的差异性才造就了世界文学的丰富多彩、气象万千。因此，差异性可以看作是世界文学的根本属性。用逻辑思维看，差异性总是与比较性相伴相随、须臾不可离分的。差异性从某种角度上看就是比较性。为什么这样说呢？理由主要有三点：首先，事物之间的差异是它们之间能够展开比较的前提和基础。比较总是在有差异的事物间进行，没有差异的事物是无从比较的。其次，差异总是通过比较才辨认出的。有比较才有鉴别，只有通过比较才可能将事物之间存在的差异找寻出来。最后，发现差异，懂得差异，做到彼此尊重对方的文学传统和文化习惯，从而求同存异，和睦共处，这是世界各民族文学和文化的比较与交流所要达到的重要目标之一。从这个意义出发，当我们说世界文学是各民族文学的差异性共存时，也可以说世界文学是各民族文学的比较性存在。

世界文学的比较性存在，为民族文学的阐释开拓了广阔的空间。在这一阐释空间里，民族文学的源泉、价值和意义得到了新的释放。首先，民族文学所面对的文学传统不再是一维的，而是多维的；不仅来自本民族，而且也来自外民族。例如，我们今天谈论中国当代文学的传统，就应该意识到至少包括中国古典文学传统、中国现代文学传统和西方文学传统等几个方面。世界文学语境下文学传统的多样化，为民族文学的发展与突破提供了丰富的资源和无限的可能。其次，民族文学的评价标准发生了显著变化。在全球一体化的文化背景下，以往可能只需要在本民族范围内加以评价就可以获得普遍认可的民族文学作品，现在必须放置在整个世界文学的坐标中去考量才可能得出令人信服的结论。最后，给民族文学研究提供了新的视角。如果说传统的民族文学研究主要是在自身的历史链条上来探询其文学价值的话，那么在世界文学时代，民族文学的历史意义和审美价值可以放置在世界文学关系之中来评判，寻找民族文学的世界性因素就成为一条新的研究路径。在这方面，以陈思和为代表的上海学者的研究实践是最引人关注的。

从学科的角度来说，中国高校的世界文学（外国文学）教学与研究，也是以比较作为基本的思维模式来展开的。国内一些长期从事世界文学教学和研究的专家学者，通过自己的亲身实践已明确地意识到这一点。曾艳兵认为："任何世界文学的研究和教学都必然是'比较'的，因为任何的研究者和教学者都必定是站在自己的位置上，用自己的眼光，凭自己的好恶，根据自己的知识和文化积累去研究和教学世界文学的。"[10]可以说，每个从事世界文学研究的学者都是站在自己所属的文化位置，凭借自己的审美眼光与知识积累来省察和评判世界文学这一认知对象的，学者自身的文化习染、审美趣味和知识结构已然构成了他进入世界文学的"前理解"。这种"前理解"，构成了他面对新的研究对象时的比较视域，也直接影响了他对世界文学的读解、领悟与裁断。在这个意义上，世界文学教学与研究中所具有的比较性特征已昭然若揭。正因为世界文学的教学与研究明显具有比较性的特点，它又与以比较性为学科属性的比较文学密切联系在一起，所以，比较文学的方法论体系直接构成了世界文学研究的理论基石，正如汪介之指出："世界文学学科同样也以比较文学为依托。这不仅是因为它的最终研究目标'认识文学发展的普遍规律'，不可能在离开比较文学的条件下单独实现，而且还因为真正有价值的世界文学研究，乃至任何国别文学研究，都必然有比较文学的意识、视野、观念与方法，其间只有自觉与不自觉之分。"[11]
在比较性的基点上，世界文学与比较文学因此找到了并肩携手的
共同语言，找到了学科联姻的契合点。

总之，不管是从世界文学的术语起源来看，还是就世界文学
的文本构造而言，抑或从世界文学的学科教学和研究实际出发，
我们都能清楚地把握它所具有的比较性特征。

二

比较文学是 19 世纪中后期兴起的一种学术研究范式，它的
诞生，与"世界文学"方略的提出不无关系。歌德在 1827 年提
出的"世界文学"构想，极大地拓宽了人们的文学视野，使人们
的研究思路自觉地跨越了语言界限与国家民族界限，为比较文学
的兴起奠定了坚实的基础。此后不久，比较文学应运而生，并以
星火燎原之势，在欧美许多国家迅速蔓延开来。1870 年，俄国学
者维谢诺夫斯基在彼得堡创立了总体文学讲座；1871 年，意大利
人桑克蒂斯和美国人谢克福德分别在那不勒斯和康奈尔大学主持
比较文学讲座；1877 年，匈牙利人梅茨尔创办了第一份比较文学
刊物《世界比较文学》；1886 年，英国学者波斯奈特出版了世界
上第一部比较文学理论专著《比较文学》；1892 年，法国里昂大
学的比较文学讲座由本国学者戴克斯特担任。这一系列的事实清
楚地表明：比较文学在发端之期，就不是一种局限于某国范围的
狭隘的研究行动，而是一种带有世界普遍性的伟大的学术创举。
在清理比较文学的发展线索时，韦勒克曾经说道："比较文学的
兴起，是作为大多数 19 世纪学术研究中狭窄的民族主义的反动，
是对法、德、意、英等国许多文学史家所持的孤立主义的反
抗。"[12]也就是说，比较文学一开始就是站在民族主义和孤立主
义的对立面。在摒弃民族主义的排外情绪和孤立主义的宗派色彩
的思想指导下，比较文学的世界性学术意义得以彰显。在比较文
学的推动之下，世界各民族文学之间的相互了解、互相对话和共

同提升成为一种非常真切的文化现象和社会现实。"比较文学的兴起打破了民族文学与民族文学、国别文学与国别文学的界限，将人们的目光投向了世界文学的层面。"[13]不言而喻，比较文学从降生之日起，就与世界文学结下了难解之缘，"比较文学把构成世界文学的各民族文学看作人类共同的文明财富，一视同仁、不存偏见地加以比较阐发，揭示世界文学对本民族文学发展的特定意义；通过系统深入的比较研究，考察各民族文学的艺术个性和在世界范围内发展的过程，用于充实与完善世界文学意识，进而推动民族文学走向世界的历史进程"[14]。

一百多年来的学科发展史告诉我们，比较文学学科理论的不断深化，始终是与这一研究领域内世界文学意识的日益增强分不开的。1900年，戴克斯特在为瑞士人贝兹编撰的比较文学参考书目题写序言时说道："19世纪是国别文学史的形成和发展时期，而20世纪的任务将无疑是写比较文学史。"[15]的确，正如戴克斯特所预言的，20世纪的比较文学研究取得了令人瞩目的成绩，成为世界学术史中极为璀璨的一页。不过，比较文学的发展并非一帆风顺，在20世纪的不同阶段，一些学者从不同的角度对这一学科提出过广泛的质疑，历时百余年的比较文学也因此不断遭遇生存危机。比较文学之所以能在面临生存危机时，并没有一蹶不振，而是总能化险为夷，迅速走出困境，迎来新的生机，是与比较文学学科理论中蕴含的世界文学意识和观念提供的强大学理支持分不开的。

早期对比较文学发出公开诘难的学者中，以意大利哲学家、美学家克罗齐最具代表性。从1900年开始，克罗齐就较为关注比较文学，他从科赫主编的《比较文学杂志》和伍德贝利主编的《比较文学通讯》里了解到了比较文学研究的现实状况。看得出来，对比较文学以"比较的方法"为学科合法性依据的观念，克罗齐明显是存在异议的。1903年，克罗齐发表了《比较文学》一文，开篇就强调："比较文学使用'比较的方法'，而比较的方法从本质上说是一种朴素的研究手段，它没有权利要求限定一个专业的全部领域。"[16]对于诞生不久、尚处于稚嫩期的比较文学学科而言，克罗齐的这番话不乏釜底抽薪的威慑力。随后，在给友人的一封信中，克罗齐进一步将自己对比较文学的反对意见明确化，他指出："我不能理解，比较文学怎么能成为一个专业？科赫主办的杂志应该成为对人们的一个警告。任何严谨的文学研究，任何认真的批评都必须是比较的，这就是说，它要求研究者熟悉一部作品在世界文学中的历史背景。"[17]克罗齐同时指出，只有在一种情况下，比较文学才可能有意义，那就是把比较文学当作世界文学史，当作对文学所做的历史的美学的阐释。[18]在这里，克罗齐一方面表达了自己对比较文学现状的不满，另一方面又提醒比较文学学者们，比较文学研究只有从世界文学的历史背景入手才有可能走出困境。

针对克罗齐的上述质疑与警示，法国学派在学理建构上做出了有效的回应，他们主张文学研究应力戒比较的随意与主观，并注意突出其中的世界文学意识。凡·第根强调"比较"这两个字应该摆脱全部美学的含义，而取得一个科学的含义，并指出"比较文学的对象是本质地研究各国文学作品的相互关系"[19]；伽列声称"比较文学不是文学比较"，而应该从文学史角度"研究国际间的精神联系"[20]；基亚认为"比较文学是国际间的文学关系史。比较文学家跨越语言或民族的界限，注视着两国或几国文学之间主题、书籍、情感的交流"[21]等。从上述观点可以看出，法国学派已经意识到了比较文学在民族文学交往和国际精神联系方面所具有的世界性意义，他们的研究也从一定程度上"反映了对于文学世界主义的觉悟"[22]。

然而，法国学派在从事比较文学研究时，由于过分拘泥于科学实证主义思想，特别强调事实联系和烦琐冗杂的史料考证，因此"忽视了作品的文学价值和美学分析，他们的视野始终束缚于西欧文化系统和文学遗产范围之内"[23]，从而使得研究中体现出的世界意识受到了极大的限制。有限的世界意识不仅无助于学科理论的深入拓展，反而还使比较文学一度陷入了方法论的危机之中。正是警觉到比较文学的这种困境，美国学者韦勒克才在 1958 年教堂山国际比较文学学会第二次年会上提交了题为"比较文学的危机"的报告。在这份报告中，韦勒克郑重地指出，法国学派"将一套陈旧过时的研究方法强加于比较文学，使之陷入了 19 世纪僵死的唯事实主义、唯科学主义和历史相对主义的掌握之中而不能自拔"[24]。法国学派希望将比较文学的研究范围限制在两种文学之间的外贸关系的做法，"让比较文学成为调查渊源和作家声望这些资料的附属学科"[25]。不难发现，韦勒克批评法国学派，其矛头直接指向了该学派学术研究缺乏世界性的眼光与胸怀这一点。在此基础上，韦勒克提出，比较文学应该从"文学性"入手，对研究思路作一次彻底的调整，才有可能使这一学科摆脱实证主义的人为桎梏，将世界各民族文学都纳入观照视野，避免误入"文学外贸"的歧途。美国学派注意弥补了法国学派的理论缺陷，他们走出了一味追究事实联系的学术藩篱，从"平行研究"的角度对比较文学作了多方面开掘，开创了主题学、题材学、形象学、文类学、类型学以及跨学科研究等多种研究范式，从而突破了西方文化系统范围，"勾画出一幅世界文学发展的图景"[26]。由此看来，较之法国学派，美国学派的世界文学意识要更为鲜明和突出。20 世纪七八十年代，中国学派开始在世界比较文学研究的舞台上崭露头角，他们以"跨文化研究"为基本理论特征，通过脚踏实地的学术实践，逐步取得了世界比较文学研究同行的认可。谈到中国学派崛起的学术意义，曹顺庆认为："这种跨越异质文化的比较文学研究，与同属于西方文化圈的比较文学研究，有着完全不同的关注焦点，那就是把文化的差异推上了前台，担任了主要角色。从根本上来说，比较文学的安身立命之处，就在于'跨越'和'沟通'。如果说法国学派跨越了国家界限，沟通了各国之间的影响关系，美国学派则进一步跨越了学科界限，并沟通了互相没有影响关系的各国文学；那么，正在崛起的中国学派必将跨越东西方异质文化这堵巨大的墙，必将穿越这数千年文化凝成的厚厚屏障，沟通东西方文学，重构世界文学观念。"[27]中国学派主张的"跨文化研究"理论，使跨越东西方异质文化的文学比较成为现实可能，这在某种程度上进一步促进了世界文学意识在比较文学领域的扩充和浸润。

综上可知，从法国学派到美国学派再到中国学派，比较文学的研究视野在逐步扩大，可比性的条件随之不断放宽，世界文学意识也在逐渐增强。这一发展趋势，是与比较文学学科的内在规定性相一致的。有学者认为："比较文学的意义，在于提供系统的世界文学意识，推动民族文学的反思借鉴、融会贯通，进而促使其在跨民族文学对话与竞争中实现发展，逐步成长为世界文学。正因为如此，比较文学的学科目标，始终应当是确立并完善世界文学意识。"[28]在确立和完善世界文学意识的过程中，比较文学的"世界性"特征也显露出来。英国作家韦尔斯曾指出："比较文学，作为第一个以打破国家和民族界限为存在前提的文学学科，体现了自觉的世界意识；作为旨在跨越国界和语文系统的界限进行文学的比较研究的崭新学科，则体现了人类对世界性文学交流的自觉和反思。"[29]韦尔斯的这段话将比较文学的世界性特征和意义阐述得异常分明了。

概括起来，比较文学的"世界性"特征主要体现为两点：一方面，它需要研究者具有宽阔的"世界性"文学视野和明确的世界文学意识；另一方面，比较文学通过文学的比较研究促进了各民族的沟通、交流与对话，加深了世界人民的了解和友谊，促进了世界文化的繁荣与发展，并以其宽广的学术胸襟和开放性的理论构架为世界各民族的文化交往与互动搭建了一个"世界性"的认知平台。不言而喻，在"世界性"视野上，比较文学与世界文学有着深度的内在联系和学科共通性。

三

比较文学与世界文学（外国文学）在高等教育专业设置中合并为中国语言文学一级学科下属的二级学科，暗合了比较文学和世界文学二者在本质上相一致、在学科理论上具有共生性和互补性的理论特征。这个学科的出现，在一定程度上给高校文科的教学与科研注入了新的活力与生机，促进了文科学科建设的发展和深化。因此，我认为，比较文学与世界文学的联姻，是高等教育改革中的一大收获，其所具有的积极意义是不容小视的。具体来说，比较文学与世界文学这一学科的设置具有的积极意义至少体现在下述三个方面：

第一，在相互交流和互为依托中给这两个专业的发展与深化带来了极大的促进作用。1997年之前，在我国高校的学科设置中，"比较文学"和"世界文学"（外国文学）是两个彼此独立的学科，虽然研究者在各自的学科范围内取得了较为丰硕的研究成果，但是由于各自为营，相互往来过少，两个学科的研究视野、研究方法都受到了不同程度的限制，比较文学研究中的世界文学意识不突出，世界文学建构中的民族文学视点与各民族文学的比较特性也没有充分彰显出来。合并之后，这两个学科形成强强联手的研究领域，二者之间相互启发、互相促动，给中国高校的文科教学与科研带来了新的专业兴奋点和学术增长点。正如汪介之所说："'比较文学'与'世界文学'合并为一个学科后，原先的两个学科一方面将继续保持各自的专业特点，另一方面又进一步彼此靠拢，即'比较文学'更加强化世界文学、总体文学意识，'世界文学'更加自觉地以比较文学的观念、视野与方法展开研究。"[30]可见，"比较文学"和"世界文学"的联手，起到了"1＋1＞2"的学术推动与促进作用。

第二，有效遏制了空疏浮躁的学术研究之风。"比较文学"与"世界文学"是两个包容性很强的理论术语，对它们的研究与阐发都应该落实到具体的文学文本之中。如果不从文学实际出发，只是一味地凌虚蹈空，在概念与概念之间反复推衍、高谈阔论，那么这两种研究门类都将流于浮泛，无法体现出人们预期的学术价值。两个学科联合，可以使世界文学研究不止于国别文学的范围，而是注重从比较文学的角度出发将民族文学放在世界文学的深厚背景上来考虑，从而使学术结论更有说服力，学术成果更为厚实；也可以使比较文学立足于世界文学的基点，通过中国文学与其他民族文学的切实比较研究，加深人们对中国文学和世界文学的理解与认识。强调世界文学研究的比较文学视野，就是为了强调世界文学的具体性、多元性和丰富复杂性，强调对这一研究对象的审视与观照不存在一个超越性的目光，而应该站在本民族文学的审美视点上，才可能得出更为科学和有效的学术结论。强调比较文学的世界文学背景，就是为了强调比较文学研究要落实到具体的研究对象上去，不要在"比较理论"上过多地纠缠与复述。在比较文学的视角上思考世界文学，世界文学的内在丰富性就可以得到不断敞开；在世界文学的背景下从事比较文学研究，比较文学研究也找到了踏实的立足点，其世界性的学术价值和意义才可能充分展示。进一步说，以世界文学为根据地，比较文学的学科困境还可能得到一定程度的化解和摆脱，"人们一定可以在思考和讨论中逐渐找到摆脱本学科的危机或困境的路径，这路径不在于切断，而在于强化它与世界文学的联系，在于从重视'比较理论'转向重视'比较实践'，从'宏大'转向个案，从空泛转向具体"[31]。

第三，促进高等学校文科教学改革，使原来相对封闭的中文系与外文系找到了联手合作的最佳契机。早在1946年，时任西南联大教授的闻一多就曾提议："将现行制度下的中国文学系（文学组、语言文字组）与外国语文学系改为文学系（中国文学组、外国文学组）与语言组（东方语言系、印欧语言系）。"闻一多的理由是：

旧制的特点，是中西对立，语文不分。我们愿就这两点来检讨一下。先讲中西对立。现在大学中文、法两学院绝大多数学系所设的课程，都包括本国的与外国（西洋）的两种学问：若哲学系讲中国哲学，也讲西洋哲学；政治学系讲中国政治制度和思想，也讲欧美政治制度和思想；但现在并没有一个大学把中国哲学和西洋哲学，或把中国政治学和西洋政治学分为两系的。这便是说：绝大多数文、法学院的系是依学科性质分类的。惟一的例外是文学语言，仍依国别，分作中国文学与外国文学两系。这现象显然意味着前者（绝大多数系）的分类是正常的，后者（文学语言）是畸形的。[32]

闻一多指出了原有的院系结构存在"中西对立""语文不分"的问题，因此是一种"畸形"的现象。闻一多的建议虽然在当时并没有被采纳，而且由于各方面的原因，至今也不可能化为现实，但他的提法，对于中文系和外语系的合作来说是不乏启示意义的。随着比较文学与世界文学学科的确立，原来相对封闭的中文系与外文系终于找到了联手与合作的最佳契机。目前，中国高校比较文学的学科教学和学位点设置都由中文系和外语系来共同承担，闻一多当年倡导的"中西合璧"的学术理想也在一定程度上得到了实现。中文系和外语系的合作，对于加强中国高等院校的资源共享和优势互补，促进学科教学改革来说，无疑是意义非凡的。

注释：

[1] [德] 爱克曼辑录，朱光潜译：《歌德谈话录》，北京：人民文学出版社1978年版，第113页。

[2] [美] R. 韦勒克、A. 沃伦著，刘象愚等译：《文学理论》，北京：生活·读书·新知三联书店1984年版，第43页。

[3] [德] 马克思、恩格斯著，中共中央马克思恩格斯列宁斯大林著作编译局编译：《马克思恩格斯选集》（第一卷），北京：人民出版社1995年版，第276页。

[4] 金惠敏：《作为哲学的全球化与"世界文学"问题》，《文学评论》2006年第5期。

[5] [德] 爱克曼辑录，朱光潜译：《歌德谈话录》，北京：人民文学出版社1978年版，第112页。

[6] 杨周翰：《序》，李万钧著：《欧美文学史和中国文学》，福州：福

建教育出版社 1989 年版，第 1 页。

[7] 高建平：《论文学艺术评价的文化性与国际性》，《文学评论》2002
年第 2 期。

[8] [美] R. 韦勒克、A. 沃伦著，刘象愚等译：《文学理论》，北京：
生活·读书·新知三联书店 1984 年版，第 43 页。

[9] 张敏、马海良、冯良珍：《世界文学意识——试论比较文学的学理
依据》，《文艺研究》2001 年第 5 期。

[10] 曾艳兵：《关于比较文学与世界文学学科建设的几点思考》，《中
国比较文学》2000 年第 2 期。

[11] 汪介之：《关于"比较文学与世界文学"学科的几点思考》，《中
国比较文学》2001 年第 3 期。

[12] [美] R. 韦勒克、A. 沃伦著，刘象愚等译：《文学理论》，北京：
生活·读书·新知三联书店 1984 年版，第 270 页。

[13] 谢天振：《译介学的理论意义和实践价值》，钱中文主编：《中外
文化与文论》（第九辑），成都：四川教育出版社 2002 年版，第 249 页。

[14] 张敏、马海良、冯良珍：《世界文学意识——试论比较文学的学
理依据》，《文艺研究》2001 年第 5 期。

[15] 干永昌：《比较文学理论的渊源与发展》，干永昌、廖鸿钧、倪蕊
琴选编：《比较文学研究译文集》，上海：上海译文出版社 1985 年版，第
6 页。

[16] [意] 克罗齐：《比较文学》，《批评》1903 年第 1 卷，第 77 页。

[17] [意] 克罗齐：《1902 年 8 月 27 日致沃斯勒的信》，《克罗齐与沃
斯勒书信集》，法兰克福：法兰克福出版社 1955 年版，第 30 页。

[18] [意] 克罗齐：《比较文学》，《批评》1903 年第 1 卷，第 77 页。

[19] [法] 凡·第根：《比较文学论》，干永昌、廖鸿钧、倪蕊琴选编：
《比较文学研究译文集》，上海：上海译文出版社 1985 年版，第 57 页。

[20] 干永昌：《比较文学理论的渊源与发展》，干永昌、廖鸿钧、倪蕊
琴选编：《比较文学研究译文集》，上海：上海译文出版社 1985 年版，第
11 页。

[21] [法] 基亚：《比较文学》，干永昌、廖鸿钧、倪蕊琴选编：《比较
文学研究译文集》，上海：上海译文出版社 1985 年版，第 79 ~ 80 页。

[22] [法] 基亚：《比较文学》，干永昌、廖鸿钧、倪蕊琴选编：《比较
文学研究译文集》，上海：上海译文出版社 1985 年版，第 78 页。

［23］干永昌：《比较文学理论的渊源与发展》，干永昌、廖鸿钧、倪蕊琴选编：《比较文学研究译文集》，上海：上海译文出版社1985年版，第12页。

［24］［美］R.韦勒克、A.沃伦著，刘象愚等译：《文学理论》，北京：生活·读书·新知三联书店1984年版，第270页。

［25］［美］R.韦勒克、A.沃伦著，刘象愚等译：《文学理论》，北京：生活·读书·新知三联书店1984年版，第266~267页。

［26］法国学者比瓦梭语。转引自干永昌：《比较文学理论的渊源与发展》，干永昌、廖鸿钧、倪蕊琴选编：《比较文学研究译文集》，上海：上海译文出版社1985年版，第11页。

［27］曹顺庆：《比较文学中国学派理论特征及方法论体系初探》，《中国比较文学》1995年第1期。

［28］张敏、马海良、冯良珍：《世界文学意识——试论比较文学的学理依据》，《文艺研究》2001年第5期。

［29］［英］韦尔斯著，梁思成译：《世界史纲》，北京：人民文学出版社1982年版，第1107页。

［30］汪介之：《"世界文学"的命运与比较文学的前途》，《外国文学研究》2004年第6期。

［31］汪介之：《"世界文学"的命运与比较文学的前途》，《外国文学研究》2004年第6期。

［32］闻一多：《调整大学文学院中国文学外国文学二系机构刍议》，《闻一多全集》（第二册），武汉：湖北人民出版社1993年版，第437页。

中西诗学的 "生产性" 对话

在当今全球化的文化语境下，沟通与理解已成为世界各民族之间最为现实也最为急迫的 "交往理性"。让各民族文化和思想大师在纵深处切实对话、彼此照亮，便成了新世纪学术研究的一个重要课题。钟华教授的专著《从逍遥游到林中路：海德格尔与庄子诗学思想比较》① （以下简称《从逍遥游到林中路》），便是文化交往时代适时而发、应运而生的比较诗学研究新成果。该书从跨文化对话的角度，对庄子与海德格尔这两位在中西方哲学、文化和诗学中举足轻重的思想大师进行了深层次、多方位的比照与阐发，深入、细致地彰显了两者在诗学思想及文化观念上的若干共通性与差异性，为进一步了解中西文化的精要处，为将来中西方更为广泛的交流与对话提供了一个范例。

"生产性对话" 是钟华教授为自己设定的一个学术目标，也是这部论著最独特的意义与价值之所在。何谓 "生产性对话" 呢？在笔者看来，就是比较的双方在对话、交流与碰撞之中相互启迪、相互发明，以达到深入理解与沟通，为全球化时代里中西方文化之间的优势互补、求同存异提供思想资源。因此，以平等性、交互性、开放性为对话原则的 "平行研究" 正是这种 "生产性对话" 得以实现的可靠保证。然而，我们又知道，在比较研究中，唯有存在实实在在的 "事实联系" 的比较才是最具可比性也最无可置疑的，因此 "影响研究" 才是最具说服力的比较研究。

如何解决比较的 "可靠性" 与对话的 "生产性" 这对矛

---

① 　钟华：《从逍遥游到林中路：海德格尔与庄子诗学思想比较》，北京：中国社会科学出版社2004年版。下面引自该著的文字只随行标出页码，不再另行作注。

盾呢？

钟华教授的《从逍遥游到林中路》一书巧妙地采用了以影响研究为基础、平行比较为主干，影响研究与平行比较相结合的研究模式。这一研究模式为海德格尔与庄子之间的诗学思想对话创设了一个相当广阔的空间，也为双方比较的"可靠性"和对话的"生产性"提供了充分的可能。该书首先探微发幽、竭泽而渔地找寻出了庄子对海德格尔产生的实实在在的影响，用确凿、充分的证据论述了海德格尔诗学与中国道家精神之间的事实联系和学理联系，比如海氏的"道缘人生"，他在一些场合对老子和庄子的提及，尤其是在其论著、演讲、书信中对《逍遥游》《秋水》《达生》等篇的大段引述，以及随之而来的他与庄子在观念系统、思想路向、思维模式、话语方式等方面的相同或相通。该书对海德格尔同庄子诗学思想之间隐秘的"影响"关系的梳理及材料考辨，既反映了作者严谨求实的学风和深厚的学术功力，也为两者的比较与对话奠定了坚实的基础。可是，如果仅限于影响研究，并不利于比较双方的对话尤其是"生产性对话"的实质性展开，因为那样势必会危及对话的平等性、交互性和开放性，弄不好还会"将'比较'文学的范围缩小为文学的'外贸'研究"（韦勒克语）。在这一点上，钟华教授的认识是清醒的，所以他在梳理了海德格尔诗学思想与庄子诗学思想隐秘、深幽的事实联系后，便花了很多的笔墨和篇幅对这两位思想大师的诗学观念作了系统而深入的平行比较和对比阐发，以寻找两者之间的学理联系。

在论述海德格尔诗学思想与庄子诗学思想之间的学理联系时，该书中有这样一段话值得注意："严格说来，'学理联系'的清理应该以真实的'事实联系'为基础。但我下面的讨论将既包括已经找到了真实的事实联系根据的海德格尔诗学与庄子诗学之间的学理联系，也将涉及一些笔者目前尚未发现事实联系根据但从根本上又确实十分相似或相通的二者之间的'可能的学理联系'。"（第48页）这显然是在强调关系清理中"影响"的重要性，从而透露出作者追求比较的科学性这一严谨求实的学术态度。不过在笔者看来，其实对这种"可能的学理联系"的清理不仅无损于比较的意义和价值，反而为这两位思想大师的诗学思想对话拓展了空间，实现了对话的平等性、交互性和开放性，从而确保了对话的"生产性"。事实上，该书对两者"冥合主客体"的总体思维模式、"存在之思"—"道说之言"—"审美超越"的基本思维路向、"去蔽"的基本言说方式等方面的学理联系的清理，也充分证明了这一点。

　　该书除了有针对共同的具体问题的微观的相互参照、相互印证外，还有以各自成篇的"诗学思想述略"为基础的宏观的对照与互释，从而开创了复合式的诗学对话模式。如果说该书第二章"海德格尔诗学与庄子诗学思想的学理联系"属于近距离的、显性的诗学思想对话的话，那么第三章"海德格尔诗学概要"与第四章"庄子诗学思想述略"则构成了远距离的、隐性的诗学思想对话。因为，第三章从"存在之思""道说之言""诗意栖居"三个维度和路向来概述海氏的诗学思想，第四章从"本然之思""大道之言""诗化人生"三个层面和路向来概述庄子的诗学思想。这种从基本思想维度和总体思维路向两方面进行的对应性梳理与互照式诠释，充分确保了"述略"中隐含的对话性以及这种对话的"生产性"。

　　对海德格尔和庄子语言观的阐述与对比，是对两者在诗学思想上作深层次的平行比较研究的重要环节，也是这部论著中写得最透辟、最精彩的部分。我们知道，在海德格尔那里，对语言的思考与对存在的探询是并重的，"语言与存在"是贯穿海德格尔哲学、诗学思想始终的基本主题。从西方哲学史的发展进程角度而言，西方哲学的现代转向主要是"语言学转向"，在这一重大转向中，海德格尔所发挥的作用是举足轻重的。同样，庄子的语言观也是其诗学思想的重要组成部分，而且他的语言观对于中国文化艺术而言也是意义非凡的，它直接影响了中国艺术精神乃至文化精神的形成和发展。因此，抓住了语言这个要素，也就抓住了海德格尔与庄子诗学思想的一大命脉。《从逍遥游到林中路》

一书从语言作为"自身言说"、语言作为"无声的排钟"、语言作为"道路"、语言作为"存在之家"、语言与"世界四元之游戏"、"在语言之说中栖居"等方面来概述海德格尔哲学和诗学在语言方面的思想成果，并在此基础上指出海德格尔思考语言的问题，其目的不在于要"提出一个新的语言观"，而在于要"学会在语言之说中栖居"，"围绕'语言的道说'，以'思与诗的对话'为主要形式，以'在语言之说中栖居'为终极指归，海德格尔作为一个'诗人思者'踏上了他的'语言之路'"（第134页）。这里对海德格尔关于语言问题的思考在其哲学和诗学思想中的位置与意义所作的阐释和归纳是非常到位的。相应地，该书也从"语言的边界""言语的悖论""诗意地言说""澄明与遮蔽""言不言之言"等角度论述了庄子的语言观，突出并强调了庄子的"天地无言，道不可道"的语言学和诗学主张，既紧紧抓住了庄子语言观的根本实质又有颇多发现。在随后对两者"存在相同点的话题"的论述中，该书从文艺观念、思维路向、思维方法、言说方式等方面所作的比较论证，大多也从语言的角度切入，抓住两者阐明思想时的语言表述、所持的语言观念等与语言有关的因素来论述，从而使相关阐释显得丝丝入扣、切中肯綮。不过，相比而言，作者对海德格尔的熟悉与理解程度似乎要胜于对庄子的熟悉和理解程度，因此其对海德格尔诗学思想的理论阐发显得要更出色一些。

比较诗学研究是一种既求同也求异的诗学研究模式，比较双方存在的相同点、共通处，构成了它们增进理解与展开对话的前提和基础。因此，对比较双方的"同"的追寻是意义重大的。不过，在求同和求异两个方面中，笔者更关心的是比较双方的差异，因为在笔者看来，两者存在的差异才是彰显它们彼此的文化特性，体现出对话性、互补性与"生产性"潜能的重要环节。因此，该书中对海德格尔诗学与庄子诗学思想之间的差异性进行阐释的内容，构成了笔者最感兴趣的部分。该书从理论的起点（对待文艺的态度）、终点（最后通达的境界）、道路（"道"与

"言"的关系)、形式(言说方式)四个方面来阐述海德格尔与庄子诗学思想的差异性。论著指出,在理论的起点上,庄子与海德格尔的差异是很大的,这就是"非文"与"尚诗"。具体地说,在对待文艺的态度上,庄子对文艺乃至整个文明文化是持"非难"或"反对"态度的,而海德格尔对"伟大诗歌"则真心喜欢,对一切"伟大艺术"也真心崇尚;在最后通达的人生境界上,庄子诗学的总指归是"乘道德而浮游",追求一种"无待逍遥"的"自由",而海德格尔诗学的大宗旨却是"诗意地栖居",追求那种存在进入"无蔽状态"的"真理";在"道"与"言"的关系上,两者尽管都把思想的"言说"仅仅看作是"道路",但也有很大差别:庄子体现为"道由言生",海德格尔则是"道在言中";在言说方式上,"去蔽"是两者共同的运思与表达方式,但细究起来也差距明显:庄子的诗学表述体现为多种思想的"尖锐论战",而海德格尔的诗学表述则是思想内部的"亲密争执"。论著在平行比较研究的基础上,对海德格尔诗学与庄子诗学思想之间诸多差异性所作的细致梳理,从学理上充分证实了海德格尔与庄子在诗学思想上具有广阔的"生产性"对话空间和重大的互补性意义,在许多方面都有着"相互学习的可能性"(海德格尔语)。

当然,在笔者看来,论著中也有一些不足的地方。比如,在两者诗学思想的比照中,对作为隐性比照的诗学思想的概述篇幅似乎显得多了些,而关于双方存在差异性的话题,本应成为该书中一个重点突出的部分,论者却以"限于篇幅"为由只作了一些"极简单的提示"(第364页)。这样的处理,在某种程度上影响了该书"生产性对话"的进一步深入与展开。不过,这些缺点相对于本书的整体价值而言,或可谓"大醇小疵"吧。

后　记

　　这里收录的文章是我从事诗歌研究十余年来微不足道的学术收获，虽然算不上什么高论，但作为学术征程上的一点个人心得，我自己还是较为看重的，本着敝帚自珍之因，我把它们收聚在一起，结集出版，也给自己十余年的学术研究来一次小结。

　　我从事诗学研究的起步阶段，应该追溯到 1998 年我考入西南师范大学中国新诗研究所攻读中国现代诗学研究生时。不过，平心而论，我一直把西南师范大学硕士三年和四川大学博士三年的学业修炼之期看作学术的摸索阶段，真正找到一点学术门径，应该是在博士毕业之后。

　　从 2003 年进入湛江师范学院（现为岭南师范学院）到今天，我在这里战斗了近 12 载春秋。在此期间，迫于职称晋升的压力，更多是来自诗歌研究的兴趣，我撰写了大量的诗歌批评和诗学研究的论文，陆续在一些学术期刊和文学杂志上发表。这些论文涉及诗歌基本理论、诗歌研究方法、新诗史重评、当代诗歌现象阐释等，其中有关新诗文本细读与网络诗歌的若干论文，在学界引起了一定反响，这是令我欣慰的。由于这些文章散落于各个刊物之中，自我查阅不甚方便，读者阅读更是只见东鳞西爪，无法构成整体上的印象，我便把这些论文集结在一起，依照观照对象和研究方式的差异分编为几册。其中学术论著为《诗歌研究的理论与实践》《文学研究的比较视野》，诗歌批评文集为《探秘的诗学》《蓝色的旋律——湛江当代诗歌评点》。上述几本由暨南大学出版社同时推出。另有《诗想的踪迹》《灵魂的维度》几本批评文集，则交由别的出版社印行。

　　除了《文学研究的比较视野》外，其他诸著均是以中国新诗为研究对象的。我一直认为，诗歌批评和研究，其实是很艰难的一项工作，而且常常会吃亏不讨好。一方面，诗歌是一种最为精短的文体形式，要对这样短小的文字加以研究和阐释，从寥寥几行中挖掘出可以深发的内容，这并不是方便轻松之事；另一方面，诗歌是一种以含蓄蕴藉为审美追求的艺术样式，其文本的多义性和朦胧性，决定了几乎所有的诗歌阐释都是一种"误读"，这种"误读"能在多大程度上与诗人和诗歌阅读者达成共识，为人们所认可，是令人颇生疑窦的事情。然而，既然选择了诗歌这种文体作为自己学术介入的路径，我就只能硬着头皮一往无前，没有丝毫退却的余地，这或许是所有学术从业者无可摆脱的宿命吧。

在某次学术会议期间，与诗评家沈奇聊天，他告诉我，学术著述其实有两种形态：一种是论著式写作，体系庞大而局部尚粗；另一种是论文式写作，格局细小但表述精致。二者各具特色，并无短长之分。他的概述是有道理的。我想我可能属于后者。

感谢暨南大学出版社人文分社的杜小陆社长和各位编辑，因为你们的辛勤劳动，我这些文字才可以著作的形式重新出现在人们面前。这是一次重生，也是一次告别。我将把它们小心珍藏好，然后重新上路，去开始新的学术征程。

张德明
于南方诗歌研究中心
2015 年 9 月 20 日